新潮文庫

美女に囲まれ

yoshimotobanana.com 8

よしもとばなな著

目次

本文カット／百田千峰

美女に囲まれ

yoshimotobanana.com 8

Banana's Diary

2005,1－2005,3

2005年1月1日

あけましておめでたいです。目覚めて朝いちばんにしたことは犬と猫と亀《かめ》のウンコをかたすことでした。育児と介護の一年を暗示です！

でも、一時期危篤《きとく》状態だったホシちゃんがビタミン浴とフードを変えたことで元気になってきてよかった。亀も、おろそかにするとすぐに体調に影響が出る。気をつけたい。

でも、朝ごはんのスープを飲んで、気分よく「冬のソナタ」の続きを観《み》ながら年賀状を整理して、実家へ。実家のおせちの時間は年々おしていまや二時スタートだ。いっそ、夜にしたらいいのでは？　と思う。しかも遅刻して二時半になった。

おせちとおぞうにで静かに過ごす。そしてお笑い番組を観て、涙を流して笑ってしまった。特に笑ったところは、レギュラーとロバートとものまねとオカマバー新年会……今年はレベルが高いわ。チビラくんは狂ったように黒豆を食べていた。おもちも食べていた。そして今日もはじめは緊張していたが「この家では僕は王様」っていうのをすぐに思い出したらしく、邪悪なまでにはしゃいでいて、心底嬉《うれ》しそうでとてもよかった。みかんをむいただけで全員から割れんばかりの拍手をあび、自ら賞賛を求めて拍手をうながすようになっていた。母が「私たち、こんな育て方でいいのだろうか」と真顔で言っていた。

1月2日

後半はなっつが来た。

昨日の夜からチビラくんはなっつに会いたくてたまらなく「なっちゃん……」と言いながらなっつの写真を持ってきて、チュウしたりすりすりしていたのだ。大丈夫だろうか？　あと、チビラくんはあの辛らつなミルクチャンがすごく好きで、いつでもミルクチャンの人形を持って歩いたり、しゃべるミルクチャン人形に「バカッツラ～！」と言われても喜んでいるが、そんなことで大丈夫なのだろうか？　ミルクチャンが「税金はんたーい！」とか言っているのに拍手しているのを見ると、ちょっと心配。

まあ結果オーライだろう。

ヒロチンコが実家へ去っていったので、みんなで「燃えていないといいね」と言いながら見送った。

ヒロチンコ「おやじだけの実家に行くのは、キャンプに行くのと同じ」

名言だ……。実際にまだ火事のなごりですすだらけの仏間で、火事のときのふとんで寝るしかないし、風呂《ふろ》は今使えないので全然入らないそうだ。そして空気清浄機をオンにしたら花粉、ほこりなど様々なランプが全部ついて、自動運転なのにいつまでも止まらずごうごうと運転し続けるそうだ。行かなくてよかった……。

結子がしょうがと豚肉のすごくおいしい炊《た》き込《こ》みご飯を持ってきてくれたので、いっしょに飲んで食べてTVを観て、みんなでチビラと遊んだ。なっつもいて、動物もみんな結子に会いにリビングに来て、とてもにぎやかで、まさに正月らしい過ごし方だった。

私「韓国行きたくなっちゃった……韓国すばらしい、景色もよくて、人々がみんないい感じで、食べ物もおいしそうだし（えんえん続く）……」

結子「あなたは、もしかして、すっかりはまっていませんか？」

1月3日

今日も実家。ヤマニシくんとおおしまさんとみゆきちゃんとたけしくんの「独身男子ズ」がいっぺんに来ていた。みんなでしゃべりながら楽しく食べる。おおしまさんと「冬のソナタ」について話し合った。みんな観たがとても冷めているヤマニシくんと、環境のみにはまっている私と、全《すべ》てにどっぷりつかったおおしまさん……世代的なものかしら？

お父さんが柳田国男の話をしながら突然手から血を流し始めたのでみな「すわ、聖《せい》痕《こん》か？」といろめきたったが、少し前にフランコちゃんにひっかかれただけだった。いずれにしても今年もみんなに元気で会えたのが、とてもよかった。

夜はヒロチンコがキャンプ（……）から帰宅したので、みなでヒロチンコを囲んでお茶をして、またしても「冬のソナタ」を観る。これは、完全版を観ないと意味ないドラマであるとしみじみ思う。それにやっぱり主役のふたりがとても魅力的で飽きない。そんなふうに私がみっちりといっしょにいるからみるみるうちにチビラくんも明るく元気になってきた。正月ばんざいだ。

寝るときヒロチンコがしみじみと「ああ……いいなあ、柔らかい枕。きれいなふとん」とつぶやいていたので、ほんとうにキャンプだったんだなあと思った。実家に帰っただけなのに、なんだか汚れてやつれて帰ってきたのはなぜ。

チビラくんはさくらさんの「スーパー0くん」もだいすきで、いつもすりすりしてチュウしている。まる子も好きだ。子供ができてますます思い知るももちゃんの実力！

どうでもいいけれどももちゃんの七十年代の本に出ていた若き日の見城さんの写真、ロバートの秋山さんにそっくり。それだけで、つらいつらい幻冬舎の仕事もがんばろうという気になったので、とてもよかった……（？）。

あの地震で、津波で、この世の中からいっぺんに何万人もの人が消えた。すごいことだし、すごい時代だ。明日はないと思いながら今日を生きる、しかし未来をみつめる……この両立ができない人は闇《やみ》に消えて行くだろう。自分も自信ない。

亡《な》くなった方たちのご冥福《めいふく》をお祈りし、できることで、復興に力を貸そう。プーケットに行くとか言ったまま南インドで消息を絶ち（別に絶ったわけではなく、単に最後にメールでやりとりしたのがそこだっただけだけれど）みなを心配させたが悪運強く生き延びた澤くんも「そうしてほしい」とメールに書いていたが、怖《おそ》れずに、観光客としてまたたずねてもみよう。

澤くんが生きていてほんとうによかった。澤くんは人とくっつかないからきっとさらりと死んでいく人だってわかっているけれど、それが今でなくってほんとうによかった。

1月4日

ヒロチンコさんの誕生日プレゼントを買いに行きたくて、チビラくんが起きるのを待っていたが、正月ボケなのか時差ぼけのなごりなのか、全然起きてこない。起きてきたのは二時だった。すごいなあ、十二時間寝ているよ。おかげで仕事がよくはかどった。

よく育ちそうだから、いいってことで。

最近の彼は寝るときとか上の方に手を振って「チャッピー!」といつでも言っている。誰なんだ? それは? どんな姿なんだ?

「すごいよ!! マサルさん」に出てくるあいつみたいに実は牙《きば》とかあるこわいやつだったらどうしよう……。

やっと彼が起きてきたので、厚着して代官山へ向かう。

そしてプレゼントを買い、ミスターフレンドリーでホットケーキを買い、道で食べ、駅までいっしょに行く……これだけでなんと二時間かかる。ウィンドウをのぞいたり、階段を昇り降りしたり、色を見つけたりしているだけで、すぐだ。子供ってすごい、なんかすばらしい。彼にかかったら東京はみんな遊び場なんだなあ。

買えたプレゼントを十二時過ぎて渡した。ヒロチンコの好きなココペリのでっかいペンダントヘッドをあげた。本年もよろしくお願いします！

1月5日

昨日ひそかに開いているのを確認したので、夕方から代官山海苑へお祝いのごはんを食べに行く。私の長い中華史の中で、もちろん春秋をのぞいてだが、ここはかなり上のレベルにある。問題はアラカルトよりもコースがすばらしいことだ。でも、コースを頼む人が少ないから、よさが広まりにくいのかも。でも、混んでいるからほっとした。ここはおいしい上にチビラくんがゆるされる店なのだ。久しぶりだったので、店の人がみな「大きくなりましたね！」と迎えてくれた。

ほんとうに正直に言って、文琳《ぶんりん》よりも、おいしいと思う。

味だけをとったらなんとも言えないが、サービスとか値段とか全て考え合わせると、勝っている気がする。私だけの基準でだけれど。なにが優れているって、コースの組み方がすぐれているのだ。味の快楽を知ってる人の組み方だ。組み合わせの妙で料理が互いにひきたてあうのだ。でもコースの組み方っていうのは量も含めてほんとうに隠された秘密のジャンルなので、なかなかわかりにくいのだ。

で、おいしいものを堪能して、チビラもたくさん食べて、帰宅して「冬のソナタ」を十八話まで観た。ああ……気になるね！　と思う反面、いちばん好きな部分が終わってしまって淋《さび》しかった。いまや舞台はだいたいソウルなのです。いちばん好きだったのは、高校生の部分と、スキー場の部分だった。

岩館先生の名作「おいしい関係」にやたらスキー場が出てくるのだが、その感じにとてもよく似ていた。切なさとか、雪とか、もうどうでもいいっていう感じとか。

まあ、とことん暗い今の私をここまで楽しませてくれてありがとう、韓国の大自然よ……と心から思った。

そしてあの人たちは色恋ざたですぐに会社を休んだり、退職したりまた出社したりしているが、よく会社がつぶれないなあ、と思った。あんなことができたら今頃私も玉《たま》の輿《こし》かなにかにのっているだろう。そういうことをしないでひたすら仕事をしてきたなあと我ながら自分の恋愛世界の貧弱さにおののく。

1月6日

私をものすごく救ったもの……それは獣医師の野村潤一郎先生の書いた本「ダーツよ、鉄(くろがね)の城を見張れ」であった。読書してこんなに気持ちが軽くなるとはめずらしい。しかも小説以外で。

しかも、日記のこの部分のためにノートに感想を書こうとしてみたが、なにを書いても批評にならない。こちらの文が負けてしまうほどの迫力ある文章なのだ。この人が小説家でなくてほんとうによかったという気がする。というよりも、書くことなんかよりも彼の生きている力のほうがうんと大きくて、小説家の文なんか全然圧倒してしまう。こわい文だった。迫力に震えた。全然長生きする気がない、捨て身の人生なので、おのずと文にもそれが出るのだろう。こんなにおののき、なぐさめられたことはなかった。そして犬が死んだこと……動物が死ぬことに関しての文で、彼ほど私を深く深く納得させた人はいない。

なんだか少しいろいろなことから立ち直った。だめになりそうになったら、今年はこの本を何回でも読もうと決めた。今年の私のバイブルはこの本だ。

やっぱり本ってすばらしい。

夕方髙島屋に行って、小龍包《しょうろんぽう》を食べまくる。チビラくんも顔を酢醤油《すじょうゆ》で真っ赤にかぶれさせながらたくさん食べていた。特に中の汁が好きらしい……通だ！

久々に本とかCDとか買って、文化欲を満たして帰宅する。でも髙島屋に行くと、すてきなんだけれど、なんだかたまらない気持ちになる。あそこには人生のある型がみっちりとつまっているから息苦しくなるのだろう。

山田玲司先生のインタビューマンガを読んで、「五味太郎さんすごいなあ」と思い、絵本を読み返した。完全に枠の外で生きている人って、言うことがみんな宝物だ。野村潤一郎先生もそうだ。問題は、女の人でそういう人がわりと少ないことですね。自分も含め、完全に枠の中にいる。

1月7日

七草なので実家へ行く。

行きの車の中で、母子共にぐうぐうぐうぐう寝てしまった。運転するなっつがとっても気の毒だった。すごい渋滞で。

あっこおばちゃんが来ていたので、おみやげの焼き鳥をいただきつつ、みなで楽しくおかゆやおせちを食べる。あっこおばちゃんが来ると父も母も元気が出るのでとても嬉《うれ》しい。孫までいてさらに元気倍増だ。

帰りはチビラくんだけまたぐうぐう寝た。眠い年頃なのだろうか……。

最近はさまざまな絵本を見て「ジョージ！」「おおおとこ！」「ミミちゃん」「ミルクチャン」などと言っているのだが、なっつに面と向かって「なっちゃん」とは言わない。なっつがいないときには「なっちゃん」を連発しているので、とてももどかしい。聞かせてあげたいなあ。

このあいだはじめて「ママ～！」と言ってくれたときには、嬉しくて「命捧《ささ》げます！」と夜中の三時過ぎに思ったものだが……早くなっつにもこの幸せを！

仕事をどんどん終わらせて、夜はひたすらに「笑いの金メダル」と「誰でもピカソ」のお笑い居酒屋をはしごして見てしまった。なので、頭の中がお笑いのことでいっぱいになった。カンニングの人が幼い頃に習っていたので弾ける、というバイオリンの演奏がものすごくて「チビラにバイオリン習わせようと思ったが、考え物だなあ……」としみじみ思った。

結子に電話して、去年会えなくてつまらなかったから、今年はもっと飲みに行こうね！　なんて約束してあれこれしゃべる。お互いに忙しすぎて人生全体に対してもはややけくそであたっていて、それが全く同じ調子なのですごくおかしかった。

1月8日

ヤマニシくんが来てくれたので、仕事をする。

その後、森田さんが来てくれて、家の中がきれいになる。ううむ、幸せ……。

ヤマニシくんが来ると、動物たちとチビラくんがすごく喜んで落ち着く感じになるので、飼い主も落ち着く。なんで彼がこんなにも私たちを落ち着かせるのか、誰にもわからない。私はそもそもかなりの人見知りでそう簡単には人に素の姿を見せられず、だいたい五から十年かかるのだが……なっつなんて三十年たってやっとほんとうに親しくなっているというのに……たった一年でもうだらしない素の自分をみんな見せている。それに彼が聖人君子というわけでなく、内面でいろいろどろどろしていることもあるって知っているのだが……神秘だ……。でもきっと彼の友達もみんな彼のことをそう思っているんだろうな。彼の深みというかすごみというか孤独みたいなものは、人によるだろうが、人を安心させる。

夜ははりきって新年会に行く。すき焼きだ。胃が疲れていてあまり肉が食べられないのだが、おいしいので少しだけでも充実して食べた。

次郎くんがあまりにも堂々とふんぞりかえっていて、私とお誕生日がいっしょで、私と同じく常識的できちんとした中川くん……と私は、その傍若無人な様を見ておびえ、小さく、りすのようによりそって震えた。次郎くんは山本先生のデジカメをふふん、という感じで無言で手にとって勝手に写真を撮ったりしていた。

えりちゃんがすっかりお姉さんになってチビラくんにうんと優しくしてくれた。チビラくんは照れてなっつにくっついていた。そしてえりちゃんが私にすりすりしてくれたら、すごく遠くからチビラくんが飛んできて焼きもちを焼いたので、きゅんとした。ママは君だけのママなんだね。

そしてえりちゃんのお母さんであるさとみちゃんは、第一子だというのに、もう十五人くらい育てたママみたいに慣れていて、次々と子育て七つ道具をカバンから出してはしっかりと対応していた。うらやましい……。私がさとみちゃんの子になりたいくらいだ。うちはほんとうにいいかげんだな〜！

帰りはカラオケに行く。

私「次郎くん、次郎くんの歌はどうしてそんなにすばらしいの？　歌手になってほしいよ」
次郎「いざあの場に立つと、案外うまく歌えないんだろうな、カラオケだからうまく歌えるんだろう」
私「あの場って……？」
次郎「……ステージ」
なんでいちいちそんなにすてきなんですかね？
せんちゃんと次郎くんのうまい歌唱をたんのうして、中川くんのとても清潔できちんとした歌を久々に聴き、ああ、歌ってその人そのものだなあ、と思った。なっつの持ち歌もすばらしかった。ヒロチンコの「オバQ音頭」も、陽子ちゃんの「となりの印度人」も……。なんだかなあ。その変な選曲ゆえに、昔部屋の外で「いったいどういう集まりなんですか？」と聞かれたことがあるメンバーだ。
でも、ほんとうに歌ってすばらしいな、その人そのものなんだな、と思う。

1月9日

一日中子守り。

チビラくんがいっしょうけんめい「なっちゃん」と言うのを練習していて、ずっとつきあわされたけれど、かわいくてかわいくてしかたなかった。「な」が言えないから「あっちゃん」になってしまうんだけれど、いっしょうけんめいで、しかもなっつの写真を持ってきて、なっつに向かって言っていた。

夜はヒロチンコとカレーを食べに行って、今年の展望などを語り合う。何月にどの国に行こうかね、とかそういう大きな予定のことなど。台湾はとりあえず決定しているので、楽しみだ。

チビラくんもカレーとヨーグルトをばかすか食べていた。

さて、ついに「冬のソナタ」を全部観《み》ました。「一生やってなさい！」という感じだったけれど、やはり嫌いになれない話だった。みんながすぐに仕事を放り出すのが気になるところだったが……。でも最終回はちょっと、はしょりすぎだと思った。いちばん大事なところを抜かしたので、最後が生きてこない。

それから、やはり自然や人々の普通の生活がいちばんいいところだったので、完全版を観てほんとうによかったと思った。

さらに、自分の人生にとって恋愛やしがらみというものがどれほどどうでもいいものか、この人たちを見ていたら、いくらドラマとはいえあまりにも違うので、よくわかった。どうでもいいわけではなくて、そのすごさとエネルギーは人生のほとんど全部を支配するほど大きいということもわかっているうえで、さらにどうでもいいということだ。

私の恋は、この世界全体にときめくことだ。まわりは全然関係ない。ヒロチンコやチビラくんに対する気持ちもかなりそれに近い。実際の人類との恋は、ただ私の人生にとってのマイナス面なのだ。これまでどんなに誰と大恋愛しても、死んだハスキーのワン蔵くんほどのことを私にしてくれた人はいない。厳密にはひとりだけいるのだけれど、私のほうがほんとうにダメ人間で、ワン蔵くんに対してほど、きちんと理解できなかった気がする。だってワン蔵くんは命を投げ出してくれたんだもん（このコメントだけでももう全然だめな感じ……）！

過去のことだし、それはいけないことだったけれど、欠陥人間だから仕方ない。以後気をつけるしかない。

このからくりが自分でわかっていると全く！　錯覚しないのでとてもいい。

「もったいない！　俺と恋愛しよう！　君はまだほんとうの男心がわかってないのだ！」

という申し出は、ありがたいことに、なぜかこのデブの四十歳に対してあとをたたないのだが、これからも、丁重にお断りし続けるだろう。みなさんが思っているよりも、私はみなさんに対して、自分のこれまでを語っていないので、みなさんはどれだけ私があれこれと人生経験をつんでいるか、知らない。親も友達も知らない。誰もトータルでは知らない。男の人に会う時はいつも少女であり処女である自分なのだが、それは単なる個性であり、人生経験の深みとは関係ない……。

観終わったら朝の五時近かった。バカ夫婦！

ううむ……海外に住んだらふっきれて帰ってきた、という話???

でも、すばらしいドラマだった、大好きだった。

1月10日

なので、起きたらお昼だった。

みんな寝ていた。犬も猫も子供も大人も亀《かめ》も……。

そして起きてもうぜんと全員の世話をした。

そして近所の大好きな喫茶店がいったん閉まるので、あわててお茶しにいった。満席だったけれど、切なかった。

思えば、この店がなければここに越してきただろうか？

いや、越してこなかっただろう。

森茉莉《まり》に邪宗門があったように！

ゆっくりとお茶を味わい、また秋にお店が始まるのを待つのだ。

野方にカレーを食べに行った。チビラくんがいっぱい食べてびっくりした。がぜん食欲が出てきたようだ。店は繁盛しているし、店の人たちも生き生きしていて、味もおいしくて、ほんとうによかった。近所にあったらもっといいのだが……。

かわいいおじょうさんが私に会って泣いてくれたので、びっくりした。ほんとうに私なんて小説を書く特技さえなければただのデブの主婦ですのに！

今年は瘦《や》せの主婦になりたいところだけれど、ベトナムと台湾に行くことが決まっただけでもう無理っていうか……。

帰宅してうっかり「ブラウン・バニー」を観てしまい、ヒロチンコとふたりでどんよりとアメリカって淋《さび》しいね……という気持ちになる。

同じことが起きてもヨーロッパよりもうんと淋しい感じがする。

1月11日

昼は陽子ちゃんをつきあわせて保育園の見学。狭かった……ただそれだけだ、感想は。子供たちはおおむね楽しそうだった。そしてチャカティカに寄ってあのあまりにもおいしいカレーを食べたり、ケーキを食べたり、帽子を買ったり、田中さんとしゃべったりして楽しく過ごした。変わらず昔風美人だった。チビラくんもすごくたくさん食べた。ちょっとのあいだにすごく成長したので驚かれた。

保育園の見学をはしごしたが、二軒目はよりいっそう楽しそうだった。子供たちが窓にすずなりになってチビラに手を振ってくれたので、きゅんとなった。

まあ、いずれにしてもまだ時間がある。

夜はいよいよ新しい場所でのフラ。行ってみたら、帽子、マフラー、お顔、もう全身で「わたし風邪よ」と表現しているクリ先生がにこにこして受付にいた。風邪ですか？　と聞いたら、風邪ですって言ってにこにこしていた。

新しいスタジオはすごくきれいで、さあ踊りなさいって感じに床もすべり、先生も楽しそうで、チャントもきれいに響き、災害やよくない風潮に負けないでみなの心が美しくひとつになり、すばらしかった。

広いので、必死で場所を作らなくても踊れて、久しぶりに動くのが楽しかった。あやこさんがいたので泣くほど嬉《うれ》しかった。あやこさんの踊りがかなり好きなので、いっしょにいるだけで妙に誇らしいのだ。頼もしいし。あやこさんはほめても謙遜《けんそん》しないところとか大好き。ほんとうに好きな人。

それに、終わってからみんながロッカーでスタジオやフラについてあれこれまじめに話しているときに、あやこさんとワダ先輩が熱心になにかしゃべっているのでふと耳を傾けていたら「着信音がパーマンやんか〜」「へえ、どうやって手にいれたん?」などと全然関係ない話をしていて、心洗われた。すてきです……。

りかちゃんとも新春早々引っ越しについて語り合えたし、習い事でこんなに楽しいことって私にはありえないので、続けてよかったな、と思った。今年もみそっかすでついていこうと思った。休みも多く、遅刻もし、それでも。

帰りは原宿をたんのうすべく、陽子ちゃんとお茶をして、今年の抱負など語り合い、楽しく帰った。

長年いっしょにいるけれど、仕事がらみのおつきあいだったので、陽子ちゃんにはほんとうの私を見てもらったことがないので、今年からは素で接していきたいと思った。

1月13日

山田玲司先生と対談。

まさかほんとうに本人と担当さんだけで来るとは思わなかった。ライターとかカメラマンとか来るかと思ってた。それで「絶望に効くクスリ」があの質を保っているっていうことは、そうとう本人ががんばっているっていうことだ……口だけじゃない人だな、と心から思った。目がとてもきれいな人で、作中の自画像にもそっくりだけれど、主人公たちの目にそっくりだった。

なんか、仲間がいる、ここにもバカで不器用ででこぼこした人がいる！　と安心できた。

なっつ「編集の人がプラダをはいていて、山田先生はぼろぼろのスニーカーだった」すごい観察眼！

でもいいコンビでした。名編集者っていうのはどの業界にもいるんですね。

たまにチビラくんが「ママ〜」と抱きついて淋しがってくれたので、嬉しかった。

そのあとは事務所の今後について真剣ミーティング。でも、うまくいきそうだ。自由な人生がはじまる……ひどい退屈、生命を奪う倦怠《けんたい》が終わる……長かった。しかしこれからは一日一日が自分の責任だ。

おおしまさんといっしょに急にベトナムに行くことになり、電話でしゃべる。おおしまさん「でも、僕英語できないから～」

なぬ～？　と思い、加藤さんに泣きついていっしょに来てもらう。どこが自分の責任なんでしょう？　私。でも、いっしょに旅をすると、うんと楽しいのでありがたいです。

1月14日

Kさんと台湾の打ち合わせ。

しばらく会ってないあいだにいろいろな変化があったみたいだけれど、今、とても充実して新しい日々をあゆんでいるようでよかった。愛犬を亡《な》くしたのもいっしょ、そして今日から家に子犬が来ると言っていた。そんな日に会えて嬉しかったなあ。

すごくおいしいが、すごくむつかしい中華ランチを食べる。おおむね「おいしい！

すごい！」なんだけれど、ほんのちょっと遠くまで行きすぎているというか、日本人向けじゃないというか。中国のほんとうのすごさを感じる。これじゃ、あの巨大なエネルギーもあるはずだと思う。

モツの煮込みは、小さい器の中、あとからあとからモツが出てきてめまいがした。なすかな？　と思うとモツ。寒天かな？　と思うとモツ。にんじん以外全員モツ。そしてアボカドのどろどろしたペーストの中にタピオカが入っている奴《やつ》は、明らかに間違っていると思った。味はおいしいけれど、印象としてはカエルの卵とゲロを足して二で割ったような感じで、同じ気持ちのなっつとじっと目を見合わせてしまった。

事務所に行ったら、大石さんがすばらしい器を送ってくれていた。「なんくるないさ」が気に入ったからくれるという。お金に換算したらたいへんな額だな、と思いつつ、こういうときになにかいい品を送り返したりしたら、まさに人間のくずになってしまうので、心をこめて手紙だけを書く。そして大事に使って行くことにしようと思う。

ハルタさんのいれるお茶とかコーヒーはいちいちすごくおいしいので、最近事務所に行くととても幸せになる。なんであんなにおいしくできるんだろう？

台湾の取材はきっとうまくいく感じに日程が組めて、お金の問題もクリアし、一安心だ。

すぐ小さくなるチビラの服をユニクロで買いまくり、待ちに待ったのだめの11巻をヤマニシくんのぶんも買った。そして家で幸せに読んでいるうちになっつがチビラくんに離してもらえなくなり、帰りそびれたので、気の毒に思って、ヒロチンコさんの帰宅と共にシチューの店にみんなで行く。チビラがいっぱい食べた。どんどん食べるようになってきて、またあちこちにぶつぶつができているが、今、また体質が変わるときなのだと思い、ただ見守る。

ミルクの世界から食の世界へ……これもまた、大きな変化だなあ。

1月15日

ヤマニシくんが来て、「冬のソナタ」について、私が寝ぼけていて間違って観《み》ていた点をていねいに教えてくれた。いい人だ……そうやって観たらますますいいドラマだった。かなり価値観は近いかもしれない。心の中で腐りかけていたまじめっ子の血が動き出すようなドラマであった。ああ、あの市場に行きたいなあ……（?・）。でもあの「友達」という概念はなんなのだろう？　私にとってあれは友達という概念に属さない人々だ。ただ足をひっぱっているというか、単なる周囲の人間関係という感じだ。おそろしか～。

寒いし雨だしどうしようもないので、夜はうちで冷凍カニを使った炊《た》き込《こ》みご飯を作って、昼間のスープと共に食べる。地味飯の極致だ。

森博嗣《ひろし》さんの「STAR EGG 星の玉子さま」という本が、とてもすてきないきさつで送られてきた。著者が印税を取らないかわりに定価が安く、買い上げた千冊をあちこちに配るという画期的な方式だった。このことをしたい気持ちがわかるなあ……と思った。それにとてもいい本だった。いろいろな意味で大好きな本だった。

はじめ「絵も描けて……そして絵本も出したのかあ……なんだか」と勝手に憶測をした自分を深く恥じて、森先生の本をいっぱい買ってきた。ミステリーと模型のことが全然わからないのでとりいそぎ「水柿《みずかき》助教授」シリーズを中心に買ってきたら、つぼにはまって夢中になってしまった。私のまわりは案外理科系の研究者タイプの人が多く、親もそうなら、夫もそうだし、基本的には鈴やんもそういう種類の人だ。

その人たちから見たら、私がいろいろなことで泣いたり笑ったり悩んだりしているのがマジで理解できないらしく、いつでもすごいしんらつというか冷静な意見をくださるが、しんらつという意識は当然ないようだ……ものすごくいい人たちなので、私から見るとその人たちがいい人すぎて見える。違うからこそ、ひかれあう（鈴やんはひとことも私にひかれているとは言ってないが）ものなのだろう。

私「森先生は、すごく絵がうまいけれど、毎日描きなれているという絵じゃないね」

ヤマニシくん「これ……マックを使ってるんじゃないかな」

マックの力を借りたら、描きなれてないところ（線とか）が全然大丈夫になってしまう。まさにそういう感じの仕上がりだった。

ヤマニシくんがそういうふうに、ちゃんといろんな絵を見ているので、いつでも感心してしまう。このあいだも「もてるおじさんで絵本を描いてる」というキーワードを出しただけで「五味太郎ですか？　スズキコージ？」と即答！　これは絵じゃないか。人か。

1月16日

雨の日曜日、マヤちゃんがやってきた。壁画について、材料のことなど取材したくて来てもらったのだ。お礼は「焼き肉食べ放題をいつでも実施」、ということでゆるしてもらった。

さらに、男と女についてどろどろした話を語り合いながらも、参考にする。

私「ついに少し時間の余裕ができたから、今年はおしゃれでもして、私のもて元年にしようと思うけど……だってこのままじゃ単なるママになっちゃうんだもん！（もちろん、スナックのママの意ではない）」

マヤ「なにをしようとな、よしもとはもう人間国宝とか天然記念物みたいなもので、こわくて業界じゃだれも手をだせねえんだよ！」

ひ、ひどい……！　ここまで露骨に真実を言う人がいたでしょうか？

それでもマヤちゃんが私とつきあってやってもいいというので、困りますわ♡　とか言っていたら、
マヤ「でもな、男ってのはな、最後のところで女に負けてほしいものなんだよ、よしもととつきあったら、男がふたりになっちまう！」

と言われた。

なんちゅう名言だ！　が、悲しい……。

でも、よく考えてみるともてるのもキモいし、そんなに好きなことでもなく、考え物なので、やめた。どう考えてもデートしたいのは男より女だ。男とデートしようとしてデートすると、昔から、なんだかとっても疲れるのだ。面倒くさいし、キモいのだ。きっとほんとうには男が好きじゃないんだろう。犬のほうがずっと好きだ。男が

好きな女は私が犬を好きなようにちゃんと男を見ているものだ。しっぽの形だとか、目の輝きだとか、病気はないか？　とかいい暮らしをしているか？　とか、私は犬ならそういうふうにいちいち細かく見るし、ずっとくっついていたいくらいだ。でも男の人のことなんか全然見ていない。昔から、「好きな人」というのはいても、「男が好き」ではないのだろう。つまらん……。

子供ができる前にたまにIくんとしていたのがもしかしてデートだろうか？　とふと女らしく考えてみたが、いつも朝の六時くらいまではしごして、最終的にいつも同じワインバーに行って、ワインを二、三本あけながらがつがつと生ハムを食べて、げらげら笑ってはへべれけになってしゃべっているだけだ。遠い昔は最後にチュウとかしたはずだったのだがそういう気分はゼロ。終わっている……。あんなかっこいい人といるのだから、もう少ししっとりした気持ちになれないものなのだろうか？　自分よ、損ばかりしてないか？

でも思うことはせいぜい「すっごく足が長いな〜」とかだった。でも彼が飲み屋で会うどうでもいい人をすごいやり方でぽいぽいと斬りすてているのを見ると、感動することは多かった。あと、自分が認めた先輩みたいな人にはすごく礼儀正しくて、ほんとうに裏表がなくその好き嫌いの区別がきっぱりしていて、自分がすごいあいまいに親切な人間に思えるくらいだった。あんなことができたら人生痛快だろうなと思ったものだ。

マヤ「それよりもよしもとが男になってチェ・ジウさんとつきあえば？　かなり男前の男になると思うから不可能ではないかもよ」

もっと空《むな》しいしもうなにがなんだかわかりません。

すばらしいアドバイスをありがとうございました。男の中の男よ！

でも、とにかくなんか全体が間違っています。

夜はヒロチンコとチビラといっしょに、おねえさんたちの店に行き、おいしい肉をぱくぱくと食べた。ついにチビラは自分のいすに座って食べるようになった。ビールを一口よこせと言い、オリーブとミックスナッツをほとんど食べた。パンも食べた。厨房《ちゆうぼう》におねえさんを口説きにも行った。やることなすこと大人の男だ……。

そして帰宅後はバスク地方のウルルンを観て、スペイン欲をいっそうつのらせた。

1月17日

ヒロチンコさんがお休みなので、パーマをかけに行く。朝起きると、髪の毛が、ダりがふざけて描いたみたいなようすになっていて、これではもて元年ではないと判断したのです。ＭＭＫ！

森先生に心でわびながら買った「水柿助教授」をパーマをかけながらひたむきに読む。たまに死ぬほどおかしいところがあるので、うつむいて小さく震えながら読む。

美容院ではハルカさんが相変わらずいい味を出していた。現実の人間とは思えないほどのかわいらしさだった。アライさんはいつもと変わらずシャープで、素人《しろうと》が見たら寝起きみたいだが、実はすごく手がかかっている髪形をしていた。ワタナベさんは完全に育児疲れで気の毒だった。こっちがネイルをやって癒《いや》してあげたいぐらいだった。

そして考えられないくらいすてきなうどん屋に行って、うどんとブラジル料理の組み合わせの妙を見る。なんか、沖縄のブラジル食堂みたいなすてきな店だった。やっている人たちの顔がまた、映画の登場人物みたいだった。

家に帰ってみんなでメンチカツサンド（私は腹いっぱいなので、ほとんどチビにあげた）を食べる。そして近所にみんなで買い物に出て、藤谷さんの本屋さんに行って、絵本を買う。藤谷さんは相変わらずいいお顔をしていた。お父さんが作った、ポップが回る奴も見せてもらった。書店に置けばいいのに、と言ったら恥ずかしがっていた。

いいなあ。藤谷さんは顔と言ってることと創《つく》ってるものと全部がひとつで、そういう人は、なかなかいない。すばらしいことだ。声もよく通る。インチキな人の声は通らない。

今私は犬と龍《りゅう》を足して二で割ったものに凝っているので、韓国の絵本にそういうのがあるのが嬉《うれ》しかった。アジアに共通の神様なのかな？

前にバリに行ったとき、バロンと写真を撮るといつでも光がいっぱい映って不思議だった。バロンがいっぱい夢に出てきて、すごくなついて（？）くれたのも嬉しかった。バロンダンスを見るまではあらすじも知らなかったのに、夢の中で、なぜか現代劇調で全部あらすじを見た。バロンダンスに行かなくてもよかったぐらいで、夢と同じあらすじのお芝居が現実に目の前に展開したときにはぞっとしてしまったものだった。

そういえば、先日「世界ふしぎ発見！」を見て寝たら、ものすごい変わった夢を見たけれど、いったいどういうことなんだろう。私はアーサー王伝説のことなんて、剣を抜いたらしい、ということしか知らないのに、隠し子とか陰謀とか魔術がいっぱい出てくる夢で、どうも関係あるみたいだ。前にブルターニュに行ったときの言い知れない懐《なつ》かしい気持ちも関係ありそうだ。謎《なぞ》を解きにコーンウォールに行こうと思う。

1月18日

フラへ。

私はほんとうに美人にうるさい。顔がきれいなだけでは美人とは思わない。じゃあおまえは美人かよ！　と聞かれたら、顔のつくりは変だが、絶対的にブスではない、と言える。私の顔は汚くないからだ。それで、世の中には美人風の人、顔のつくりだけがきれいな人、心も顔もほんとうにきれいな上に自分という名の花がちゃんと咲いている人、男にしか受けない人、女にしかわからない細かいきれいさの人、あるフォーマットの上に乗っているのでなんとなくいいふうに錯覚できる人、心がきれいなのが外見に反映している人、などいろいろな種類があって、私は、ほんと〜うに細かく見ているので、ほんとうの美人じゃないと納得しないのだ。男が好きという気持ちがゼロな分、美人が好きなのだ。

結論を言うと、今日は男であるエサシ先輩の踊りがいちばん美人だった。見とれた……。手足が長いというたぶんハンデになるところをものともせず、全身で音楽に調和していて、見習うべき点がいっぱいあった。まず正確に振り付けを覚えてないと、あんなふうに流れにのれないから、完璧《かんぺき》に覚えた上で、表現にやっと移っていった、その過程が全《すべ》て見える気がした。それはとても誠実なものだった。
私「エサシ先輩、すばらしい踊りでしたわ」
エサシ先輩「いえいえそんな！」
私「エサシ先輩もてもてですよ！　私のサイトにまで何通か『エサシさんがすてきです』っていうメールが来てますもの」
エサシ先輩「とんと聞かないなあ……そういうことは僕に直接言ってくれればいいのに～」
　だそうですよ！　みなさん！
　そして、おなかが痛いけど踊っているミウちゃんがいちばんいじらしかった。ミウちゃんを思って上手に優しくするまわりの人たちのお顔がいちばんきれいだったし、子供に戻って遊んであげてるクロ先輩も南国美人みたいにおおらかできれいだった。
　いちばんがいっぱいだ。いいものをたくさん見た上に、最後にめちゃくちゃにおしゃれなかっこうで原宿にやってきたカオリン先輩にばったり会ってびっくりした。びっくりしてビールグラスをたたきおとしてしまったくらいだ。私のカバン、よく「武器ですか？」と聞かれる（嘘《うそ》ですわ）けど、ほんとうにすごい重量で、大きさもあって、危険です！

1月19日

やっと菊地《きくち》成孔《なるよし》さんの「天使の弁当」を読む。

いい……。

なんでこんなにひきつけられるのだろう？　それは前世の縁……なんかじゃなくて、彼の世界は無条件に美しい上に退屈じゃないからだ。とにかくこの世は退屈なものが多すぎる。なめてんのか？　っていうようなものが、この世の中にはいっぱいだ。いい退屈もあるけれど、悪い退屈もある。悪い退屈は人から生命の力を奪うのだ。

なんと言っても彼は音楽家なので、経験値が全然違う。なんでこんなちょっとの文章でこんなにイメージが喚起されるのだろう？　それは出てくる固有名詞の力をほとんど借りていないからだ。だれてない文章……だれてない人生だ。特異な才能だと思う。はじめから枠外にいる凄《すご》みだなあ。

こんな変な気持ち（エロい気持ちではない）にさせてくれる人は他にいない。なんいてもたってもいられないような、瞬間が惜しいような。やはり深海なのだ。なんだかわからないが。夜の海の底でゆがんで見えるゆらめく光のとある瞬間なのだ。

それでついでに他のページもぱらぱら見てみたが、迫力なさすぎて「なんだかなあ」と思った。本業の諸君が情けないぞ！　って、自分は棚に上げて。

俺はもう離脱だ、それしかない……。

ちなみに吉田修一さんは超近所に住んでいるので優しい気持ちで見守りたい。地元に弱い私。

山田美保子さんのインタビューも読んだけれど、全体的に「マジですか？」と思った。全てが悪い冗談としか思えなかった。運転うまそうなところが色っぽいなあと思ったが。

ああ、驚いた！

英会話に行って、美しいマギ先生と英語の勉強。今年からメモに頼るのをなるべくやめようと思うが、どうしても知らない単語が多くてむつかしい。でも有意義な時間が過ごせた。マギ先生は最近ほんとうに美しくなった。前はマリアちゃんのお母さんっていう感じだったけれど。あんなきれいな人、街で見ない。信仰を持ちつつも独自の道を開拓していて、敬意を感じる。

かわいい子供たちもいっぱいいいたし、なんかよくわからないけれど子供たちのパパが二軒の家を一軒にむりやりつなぐ工事をどうどうとやっているし、すごいなあ……。日本の中の外国であった。

夜は家で静かに茄子《なす》ひき肉ご飯を食べた。チビラくんがびっくりするほど味噌汁《みそしる》を飲んだ。ご飯も食べた。最近一日一度もミルクを飲まないことが多い。子供って勝手にいろいろ卒業していくんだなあ、と感心する。

1月20日

ラブ子さんのお骨が山盛りあるので、一部をダイヤモンドにしてもらおうと思って申し込んだら、その会社の人がお骨を取りに来た。えらくすてきな人だったので、びっくりした。デリケートな問題を扱うにふさわしいおじさんだった。

いちばんつらいのが小さい子供の骨を受け取りに行くときで、悲しい話でもらい泣きしてしまうということだ。それはそうだろう……そして、私も考え込んでしまった。もしもチビラに先立たれたら、こんなこと私はするだろうか？

絶対にしない。犬だから、今のところ墓地に入らないから、するのだ。それに石にして身につけていれば私といっしょに火葬されるかな、というのもあるし。

ということは、人の場合は墓というのはやっぱり大事だし、お参りに行くべきだなっていう結論に達したのだった。仏壇もすごく大事だなって。

そこを大切にすることで伝わる何か、自分の心を納得させる基地とでもいおうか……。

ヒロチンコが岡崎さんにロルフィングをするのについていこうかな、と思ったら、チビが眠くてぐずりだしたので、あきらめて差し入れの「ガキの使い……」と「メトロポリス」のＤＶＤだけたくす。

そしてひたすらにチビを寝かしつけて、やっとちゃんと寝たので、仕事をする。

やがてヒロチンコが岡崎さんのお母さんにたくされた様々なおみやげと共に帰ってきた。今日の岡崎さんは別《わか》れ際《ぎわ》に手を振ってくれたそうだ。時間はかかるかもしれないけれど、いつか必ずまたしゃべりたい。

夜は居酒屋で食べようか、ということになったが居酒屋がどこもかしこも満席だったので、近所のロックバーみたいなところで、チビラもいっしょに玉子焼きとかゴーヤとか食べる。豆腐ようをずいぶん好んでいたが、泡盛でつけてあるのでちょっとしかあげなかった……しかし、あんな通好みの味を……こんな赤ちゃんはじめてだ。彼はずっとにこにこしながらロックのリズムにのっていた。ううむ。

おいしすぎず、まずすぎず、店の人たちはシャイだけれど感じがよく、いい音楽がかかっていて、全体的にゆる～い感じで、とても懐かしい店だった。店はバランスが全てだな、と思う。ロックに関しては「いいことやすてきなことはもうみんな昔に起こって、もうこれからはあまりないかも」っていう感じがするけど、これこそがババ～になったっていうことだろうな。

1月21日

昼は桶谷《おけたに》式マッサージに行く。

そこにいたお母さんがまじめに「おもちゃ屋さんに行ったらおもちゃを百個買うと子供にいい」と言われたから百個目指しているという話をしていた。なんちゅう営業のしかただ！　とあきれつつも感動さえおぼえた。「俺がおもちゃ屋だったらやっぱりそう言うな」と言ったらそのお母さんは傷ついてしまったが、まあそれは私の物言いが辛らつなのがいけないとしても、そんなことだからおもちゃ屋にだまされてしまうのだなあ、としみじみ思った。

乳幼児期のおもちゃは本人の目先がどんどん変わるので、ニーズをとらえるのがとてもむつかしいのだ。なにが幸いするかもわからない。だからやはり本人を見るしかない。

その赤ちゃんをじっと見てみたが、なにかこう「本人の感情が本人の底まで届いてない」感じがした。そうすると心からの動きができなくなるので表面で生きざるをえず、いらいらして泣くことになる。きっとお母さんもそうなのだろう。

とか言うと、自分がすごくいい親のようだが、私は自分が本を読んでいたらチビがどんなになにを催促しようと、知らんぷりだし、忙しいときはきいきいして八つ当りもした。もちろんだめな親だ。それぞれの家庭にそれぞれのよさとだめさがあるということか。

最後の最後までケアしてほしいと思い、半年後にまた来ることにする。ほんとうにあのマッサージの秘法のおかげさまで、なんとか乳ライフを終えることができた。もう自分の乳で人を養うなんて一生できればしたくない。あの責任の重さに比べたら、バランスのよいめしを作ることなんて全然楽だ。

夕方はももたさんと陽子さんとお茶をしながらしゃべる。ひとつの羊カレーを三人で（と言ってもほとんど私が食べたけど）食べたり、やりたいほうだいだけれど店のマスターは優しかった。まじめにまじめにお店をやっている彼だった。

話題も霊や天使などそちら方面に豊富で、あやしいことこの上ない。でもももたさんと次回の文庫の表紙のお話もちゃんとできたので、とてもよかった。

夕食の材料を買って帰り、ヒロチンコが帰宅したのでハンバーグを作って食べた。チビは目が覚めたらなっつがいなかったので大泣きして止まらなくなって三十分も泣いていたが、トマトを出したら食べておさまった。ホメオパシーも効いたみたいだった。よかった。チビが泣くとうんと切なくなる。親もいっしょに泣きたいくらいだ。

1月22日

どうもひき肉の霊にとりつかれているようで、ハンバーグが止まらない。

昼ごはんも夜ごはんもハンバーグだった……。

ヤマニシくんにチビを頼んで、なっつと共にお札をいただきに穴八幡へ行く。そして原さんのお母さんに会いに行った。お母さんは入れ歯を作ってもらっている最中で歯のない一週間を過ごさなくてはいけないようだったけれど、顔色もよく元気だった。あのきれいなお母さんを保つために原さんがしている努力の質が、今の私にはとてもよくわかるので、いつも感動する。終わりの見えない努力だ。

原さんも若返って元気そうだった。本人は絶対にそう思わないと思うけれど、お母さんのことがあって、昔よりもずっと原さんはすてきになった。丸くなったとかいうことではなく、なにか圧倒的なすてきさがあると思う。

……というわけで夜はハンバーグを食べた。近所のステーキの店でいつも満員で、なんとはなしにカウボーイというかウェスタンというか、キャンプ？　私は一度アルゼンチンでガウチョたちを見たけれど、ほんとうにぞっとする世界だった。馬も牛もなんとなく気の毒だったし。たまたま行ったところが悪かったのかもしれないけれど、いちばんぞっとする世界観だったかもしれない……。

ということをその店に入って久々に鮮やかに思い出した。

なっつ「トイレットと書いてあるあのドアを出たら草原で、そのへんですするということになっていたらどうしよう」

振り向くとなんとはなしに皮ジャンの人とかカウボーイハットの人とかいて、そうか！　と思ったりもした。ホーローのぼろぼろのカップに薄いコーヒーがなみなみ入っていて、スプーンが突っ込んである。

ヒロチンコ「うわあ、外にいるみたい」

私「このスプーン出してもいいのかな、飲みにくいけど」

ヒロチンコ「いや、入ってるのが大切なんじゃないかな、この世界では」

出して飲みました。

帰りにヴィレッジバンガードに行って、CDとかマンガとかさんざん買って、さらにもう一冊後から買おうとしてちょっとレジに行くのが恥ずかしかったので「恥ずかしい〜、レジに行くの三回目なんだよ……」と言ったら、優しい優しいヤマニシくんが「僕が買ってきてあげます」と言って買ってきてくれた。きゅ〜ん！

でもそのマンガ「しまいもん」作イカリン（だいたいイカリンってペンネームはどうなの？）は最高におかしくて、家に帰ってからおなかが痛くなるまで笑った。腹筋が痛い。私がさめざめと泣いているのでヒロチンコもぎょっとしていたが、笑いすぎて泣いているのだと気づいたら相手にしてくれなくなった。思い出すだけで今でも笑い出しそうだ。なんであんなジャンル不明のおかしいマンガが描けるんだろう？

今日は昼間高橋先輩から傑作なファックスが届いて、げらげら笑って意識不明になりそうだっただけで幸せだったのに、夜もおなかがよじれるほど笑って、お笑いという点ではとてもついている一日だった。

1月23日

アーシアちゃんの撮ったとんでもない映画を観《み》る（『サラ、いつわりの祈り』……しかしこのタイトルなんとかならなかったのだろうか？）。

日曜の午後に子守しながら観る映画としてはワースト1だろうと思う。

それにしても彼女の才能の質は演技してようが、監督しようが、普段だろうが、女優としてだろうが、全然変わらない。それは「才能がありすぎて、あふれすぎてもうどういうふうにまとめていいか手がつけられない状態になっている」ということだ。彼女はなんに関してもセーブするということを全く知らないまま、今に至っているなと思う。人類は常に未知のものを怖《おそ》れ、畏《おそ》れる。彼女は未知だ。やはりすごい人だと思う。コートニーの役（名前は違うらしいけれど、コートニーにあたる役ね）、ぴったりすぎる。そしてそのどっちもに会ったことがある私の人生っていったいどういう縁？

夜はお姉ちゃんが遊びに来たので、近所の有名店「MOTHER」へ行く。なにもかもが懐《なつ》かしい店で、チビラくんも歓迎されて、ごはんもおいしくて、チャイもおいしかった。なんかこの国にチャイなんてなかった頃から、ここにはチャイがあった気がする。移転したみたいだけれど、老舗《しにせ》のよさだ……。なんか関西に旅行に行ったような気分になった。

ビールを三杯くらい飲んだらかなり酔っ払ったが、チビラも眠くなって途中でがくっと寝た。

1月24日

なんとなくふらふらしつつ、精力的に買い物などする。

ありえないほどのスケジュールをこなしてしまった。ギャルソンにも行った、MHTでブレスレットも買った……。

ももちゃんの家にもちょっと寄って、いろいろ教育問題など質問して有意義だった。小学生の母は違うわ。

ももちゃんは顔色もよく、健康そうで、すごくチビラくんに優しくしてくれた。チビラくんはなにも知らずに壁のまるちゃんを指差して「まるちゃん」などと言っていたが……直筆原画だよ!?

「君の今気にいっている0くんも、まるちゃんも、みんなこの人が描いたんだ!」と言いたいところだが、言っても通じないのでうずうずした。

それにしても子供ができて、はじめてももちゃんのほんとうのすごさを知った。チビラくんが彼女の絵にきゅうとひきつけられていく、その魔法を見たからだ。子供にしかほんとうはわからない、何か秘密があるのだと思う。つれないようなクールな感じがだいじな気がするんだけれど。

1月25日

フラの前にコムデギャルソンの原稿を書き（依頼があるなんて嬉《うれ》しいことですわ！）、買い物もした。イタリアのヒロココさんからチビラくんに靴が送られてきたので、お礼に海外に送れる仕様の、しかもおいしい餅《もち》を買いに行く。だって、餅が食べたくて発狂しそうとまで言っているんだもの……。

そして二軒のカフェをはしごして、コーヒーを飲み比べてみた。

チクテは確かに感じもいいしおいしいが、なんだかいつでも静かで整理整頓《せいとん》されていすぎてあばれだしたくなるし、ジンクはでこぼこしていて愛《いと》おしいが、明るいし、長くいると悪いし、変な客も来るし……カフェはむつかしいのだ。

花泥棒は渋谷店以外はそんなに好きじゃないし……マルディグラは好きだけれど、ちょっと遠いし……お姉さんたちの店（茶沢通り）は、飯を頼まないとなんとなく悪いし……などなどです。下北カフェ事情でした。しかも中年向け。

夜はフラへ。仕事がおしてえらく遅刻したので、いろいろなコメントを自粛。オガワさんが美人だった、ただそれだけの一日でした。

それにしてもインストラクターの人たちがみなとってもきれいで、ほんとうにただで見てもいいのですか？　といつも思う。ただじゃないんだけど、でも。毎週ライブを観ているようなものなので、幸せです。自分がああいうふうに踊れるようになりたいというのはないです。ただきれいな人たちがきれいに動く、それだけで。クリ先生の手とか、もう考えられない。芸術的な動きだった。サンディー先生は今日はメガネっ娘《こ》ですごくかわいらしかった。なんでいくつになってもあんなにもかわいいのだろう？　魔法？

タケウチくんと待ち合わせて、陽子ちゃんもいっしょに、焼き鳥からワインへと飲み歩く。いろいろすてきな話を聞いた。タケウチくんは生き方が全然違うが、ほんとうに興味深い人物で、なにか深い影のようなものがあり、それをちゃんと自分だけで抱えたまま生きていこうとしているところがいさぎよくて好きです。

つきあいも長い……高校からずっとだ。すごいなあ！　いつも「なにかひとつ間違っていたら結婚していただろう」とお互いに言い合うし、お互いの親もそう言うので、なにか間違わなくてよかった！　と思う。間違ったら今頃チビラくんはいないのだ！　ひえええええ！　考えられない！　これが愛だ！　いないということが考えられないのだ。

そんなチビラくんはもう寝てるわね、と思いつつ二時半に帰宅したら、玄関のドアを開けたとたんににこにこして「ママ～!!!」と走ってきて、ヒロチンコはもう寝ていて、ふとんがチビラの形にふくらんだまま空っぽで、私がシャワーを浴びていたら痴漢のようにドアを開けてのぞきにきて、最後は私に抱きついて寝た。かわいいいいいいいいい。ああ、苦しい……かわいすぎる。

1月26日

ここぺりに、体中のきしみをなんとかしてもらいにいく。

きしんでいるのがわかる疲れかただった。

関さんも特に肩のあたりで当惑しながらも、奮闘してくれた。歯を食いしばるくせがあって、それをなんとかしてくれたのだが、歯が浮くくらいに力が抜けた。

そしたら、なんだかあほなつらになったのでびっくりした。

最後のほうでマリコさんが帰ってきて、みんなで楽しくお茶をした。チビラくんはほんとうに眠くて、頭もほかほかして、足もふらついて、今にも寝そうなのに最後までがんばっていた。好きなお姉さんに囲まれているからだ。正直もの！

帰宅して、家でできとうなごはん。鮭《さけ》のかまを焼いたりした。それからあさりご飯。あえて炊《た》き込《こ》まず、オリーブオイルとにんにくで炒《いた》めたものを炊き上がりのご飯に混ぜてみた。そしたらさっぱりしっとりしていておいしかった。

1月27日

久しぶりに金先生のところへ行く。

引越しされたそうで、お知らせが来たのです。

かなり深刻な、しかも韓国の人が多そうなので遠慮していたのだが、チビを見せたいので行くことにした。

金先生はこれから十年はどんどん人々を鑑定するということなので、私にしては珍しく、信頼できる占い師の情報をオープンにします。リンクのところに載せてあります。

だいたい一件一万円と思ってもらえればいいでしょう。

仏様におそなえする形なので、だいたいそのくらいですね。

観てもらいたい人は、電話してみるといいと思います。場所は新大久保の職安通りです。

金先生はずばりずばりと当てますし、人々の悩み、苦しみを取り払いたいというのがいちばんの望み（立派だなあ……）、もちろん悪霊も払ってくれるし、希望者には霊感も開いてくれるとのことです。すごいなあ。たまにＴＶに出ているけれど、これまではほんとうにひっそりと活動していた方です。

それから、雑誌の取材なども受けることにしたそうですので、ここを見ているマスコミ関係の方もこぞって連絡してみてください。これまでそういうことを一切してこなかった方なので、なんでまた突然そんな気持ちに？　と思うのですが、きっと世の中の荒れ方を見て、突然表に出て行こうという気持ちになられたのでしょう。頼もしい限りです。

で、実に面白かった。チビラくんは音楽も（ピアノかバイオリン）すごく好きだがそれは趣味で、結局は工学の世界を目指すだろう、十五歳でもう留学するだろう、はじめはヨーロッパであとはアメリカの大学に行くだろう。それで家族もどんどん会いに行くだろう、ということであった。これは結子が言っていたのと全く同じで「なにか、機械が見える、そして発見という言葉が浮かぶ。でも音楽も大好き、ピアノかバイオリン」と言われたのだった。こわいよう。

あとはまあ、離婚しないかとか（しないみたい……ほっ）、健康とかいろいろ聞いた。面白かったし、金先生は変わらず若く立派な人だった。

夜は恵さんと待ち合わせて、韓国料理を食べる。そしていろいろしゃべる。手づくりなのに店で売ってるようなパンもいただいた。あまりにも美人なので、チビラくんがぽうっとなっていて、おかしかった。さりげなく手をつないだり、ちょっと髪に触ったりしていた。無理もない……。あまりのエロさにヒロチンコもびっくりしていた。

それにしても職安通りは相変わらず外国で、ちょっと立っていただけで立ちんぼうと間違えられるし、恵さんも待ち合わせに向かって走ってきたのに「このへんをひとりでふらふらしてるとやられるぞ！」と言われているし、いったい……でもなぜか日本人だけの町よりも、いやすい感じがするのはなぜ。

1月28日

大海先生に会いに、多摩センターに行く。ご夫婦そろって完全に社会の枠外にいて、すてきすぎた。お店の中には大海先生のきみわる～い、そしてすばらしい絵がたくさんさりげなく飾ってあり、看板なんかもみんな大海先生の絵で、価値ありすぎだ！

デニーズで大海先生がにこにこして、「いやあ、店っていいものですよ……いつも赤字だけれど……自転車操業のうまみを知ってしまったらもう離れられない」などといろいろすごいことを言っていた。そんな面白いことをたくさんおっしゃるのに、まるで普通のリサイクルショップを営む普通のご夫婦に見える（見えないけど）ところが偉大だと思う。

なっつが昨日電車に乗っていたら、ふたりの男の人が話していて、ひとりが多摩センターのすばらしさを力説していたそうだ。住みやすく、物価も安く、なんでもあって、最高だ、できれば君も越してこい！　と言わんばかりの状態だったそうだ。

それでなっつとわくわくして多摩センターに行ってみたが、大海先生の店以外には、特に感じるものがなかった……がっかり。

なっつ「僕たちには多摩センターのよさがわからなかったみたい……」

夜は高橋先輩とミカちゃんと小雪ちゃんとめいちゃんと結子というすっごい組み合わせの人たちが近所に来たので、お茶しに行く。後からヒロチンコとチビラも来た。なんと2月3～9日生まれの人がその中の半数を占めている。すごいことだ、すごい水がめチームだ……。チビラくんがめいちゃんに優しくゲームを見せてもらっていた。

あと一日陣痛をがまんすれば、チビラくんの誕生日はミカちゃんといっしょだったのか……とミカちゃんを大好きな私は残念に思った。そしてあと一週間早くひねりだせば、小雪と結子とハルタさんと同じ誕生日になったのか！　とも。

最後のほうでなっつに作ってもらったグラタンをがつがつ食べたのが、チビラくんが大きくなりすぎた原因だろうか？

などといろいろ懐《なつ》かしく思い出した。

そして小雪が買った先輩の写真を見せてもらったが、ほんとうにすばらしかった。印刷されていない写真は、絵画のようだと思った。

となりの席にたまたま先輩のお友達がいて「こんな遅い時間に子供たちが楽しそうに大人と過ごしていて、東京の人たちっぽいわ」と言って感心していたけれど、私も先輩も親が客商売（うちも？）なので、夜中の大人たちに囲まれて育っている。親が楽しそうに飲んでいると、ほんとうに楽しかったし、居酒屋やバーの雰囲気も好きだった。すばらしい思い出だ、ということで先輩とばっちり意見が一致した。親が思うよりもずっと、子供は親の楽しさに敏感だ。私も子供にそういう時間をたくさんあげたい。今、大人になった私にとって、当時の輝きが宝物であるように。

1月29日

ヤマニシくんが来たので、もうぜんとたまっていたことを片付ける。

しかしためすぎていて、全然終わらない。どひゃ〜!

なにかとためるのはよくない……そんな午後に森先生からメールが来て、とても感激した。はじめからある程度のレベルで話が通じる、自分を持っている人なので、気を使わなくていいのがすばらしい。

普通にやりとりする中での、人々の恐れは底なしだ。もちろん私にもこわいことはたくさんある。痛い目にあったこともある。だから特別に強いわけではないけれど、自分の恐れがなにかくらいは把握している。

確かに私は人がうそをついていたらすぐわかる。顔のまわりの色でわかる。思い込みでない証拠に、必ずうそだったことがあとでわかる。でも、だからといって別に超人間的な力があるわけではないし、まして他人の頭の中に関心があるわけでもない。

なのにいろいろな人が、勝手に自分の恐れをやみくもに投影して「ここまでわかってしまっているのではないか、わかっていて自分をこういうふうにするためにこういう作戦を行っているのではないか」などとおびえて自爆したりする。私のことを超能力者か？　幻魔大戦か？　女スパイか？　と思うくらいの勘違いで見ておびえてびくびくしていたりする。仕事でも私生活でもよくあることだ。もしかしてそのさぐりあいを世間ではコミュニケーションと呼ぶのかもしれないが、私はそんなレベルで人付き合いをしていないし、そんなことに興味はないし、いろいろやることがあって忙しい。人のことは人のことだ。その人の責任なのだ。たとえ自分の子供でも……私は、チビには、自分のバカでがむしゃらで楽しい姿を見せたいし、楽しいことを必死で追求するとすごくいい人生になるということしか教えられない。また、それを人にとやかく言われるのもいやだ。あることがあって、ちょっと怒っている私だ。

マザーがいっぱいだったので、支店に行った。相変わらず酔っ払いあり、ケンカあり、出会いありだったが……ママさんがいい人で、パキスタンライスもカレーもおいしかった。チビも音楽に合わせて踊っていた。ヤマニシくんの飲んでいたキタキツネなんとかというビールがすごくおいしかったので、うらやましかった。

1月30日

澤くんとタムくんとガールフレンドのヴィーちゃんと木村くんと、原宿で会う。

タムくんは相変わらず上品でタイの王子さまのようだった……。

澤くんも元気そうで、いつ会っても「さっき会って別れたばかりだけど、また会ったね」という感じ。澤くんといるときの自分がいちばん自分だと思う。なんか安心できる。

みんなでとんかつを食べようと思ったらお休みだったので、メキシコ料理を食べる。

タムくんに「なにが食べたい？　どんな店がいい？」と聞いたら、「たべものはなんでもいい、広くて、静かな店がいい……感じのいいところ」と王子さまらしい意見が返ってきた。

チビラくんはずっとなっつにくっついていたが、最後の最後で突然美人のヴィーちゃんの手を握りしめ、店外デートへ誘い出し始めた。そしてちょっとふりかえってなつつを確認し、安心して彼女と手をつないで歩いていた。しばらくしたらちょっと不安になって、彼女とママと片手ずつつないで歩こうと言い出した。真ん中でにこにこしている彼……男って！　男って一生こんなものだね！

タムくんはチビラを女の子だと思い込んでいたので余裕だったが、男だよ、と言ったらすごくびっくりして焼きもちを焼いていた。男って王子さまでもそんなものね！

1月31日

久しぶりにゆっくりできるので、朝は洗濯などした。

ゾペちゃんから手紙が来たので、返事を書いたりした。ゾペちゃん、いい奴《やつ》だな……。

本当はマッキントッシュがほしいなあと思いつつ、HPの安いパソコンを一台買う。今持っているものの調子が悪くなったので、念のためだ。しかし安いのにDVD－ROMがついていて、大変嬉《うれ》しい。これで、仕事しながら映画も観《み》れちゃう。

午後はカバンを買いに行き、ラーメンなど食べて、青山ブックセンターで考えられないほどたくさんの本を買い、家で読書をする。

それにしても奈良くんと杉戸くんの画集はすばらしかった。今まで考えていたコラボレーションという概念の甘さを思い知った。そしてなんて厳しいことだろうと思った。杉戸くんが人生の中でできれば避けたい、これだけを見ていたい、というものと、奈良くんが逃げているタイプのことが、見事に出てしまっている。そして、お互いがおぎないあって、傷つきやすいが完璧《かんぺき》な世界が出現している……これは奇跡だと思った。

いいものを見てしまった。大満足した。

2月1日

フラボアの服は、私が着ると「ただのだらしない中年がもんぺをはいている」になるのはどうしてでしょうか。タムくんとヴィーちゃんにプレゼントを買いに行く。それにしてもフラボアの店員さん（下北沢店）たちはみんな白くて優しくて天使みたいです。

なんだか仕事上のくだらないもめごとを「面倒くさいな～」と思いつつ、自分にいいように適当に合理的に処理し（なんだ、合理的に処理していいのかっていうことを、森先生の本で学んだ。目からうろこが落ちまくった。これまでなにをしていたんだろう？　というほどに）、またも遅刻してフラへ……。

フラスタジオの空気も、少しだけよどんでいました。人がたくさんいると、きっといろいろあるんだなあってていう感じがした。ダンスっていうのは、そういうものかもしれない。でも、そういうのは美人たちのにこにこ顔で吹き飛んだ。あやこさんが髪型を変えてとっても妖艶《ようえん》になっていた。

私はみんなに痩《や》せた痩せたと言われるが、体重は五十九キロから少しも変わっていない。それを主張しつつもふと「もしかして痩せる気功のせいかも……」と言ったら、みなが振り付けのときと同じくらい真剣にが〜っと走ってきて「どうやるの！」とせまってきたので、おかしかった。サンディー先生の許しを得て、全員に伝授しました。これで火曜のクラスは全員痩せクラスに！

痩せることに関してはみな希望に輝きながら、踊りは再開されました……。

クリ先生はそ知らぬ顔でみなの踊りを見ていたようだったが、いちばん誰も気がつかなかったところをさらりと意見したので、感動した。踊りでいちばん大事なこと……それはマイケル・ジャクソン（被告？）も言っていたが、頭の中でカウントしないことなのだ。音楽に合わせて流れ続けることなんだ。道は遠い……。

オガワさんを無理やりつかまえて世間話をしたり、あやこさんとわしたショップについて語り合ったりして、すごく充実！　美人欲が百パーセント満たされた。

2月2日

恵さん……つまりは貞奴《さだやっこ》さん……からパンが届く。大きなフォカッチャと、ふわっとしたグリーンレーズンのパンだ。どっちもすごくおいしかった。しばらく彼女のおいしいパンを宅配してもらうことになっているのです！　幸せ……。フォカッチャは軽く焼いたらふわっとオリーブオイルの香りがしてきて、まわりはパリっとなった。レーズンのパンは上のところが香ばしくなって、中はしっとりしていっぱいレーズンが入っていた。幸せ……！　チビといっしょに楽しく食べた。

あんなに美人で文もすばらしくこんなパンが焼けるなんて、ほんとうにすてきだ。男に生まれてなくてよかった。あぶないところだった。

最近のチビラくんの流行はムーミンだ。絶妙に東北なまりで「む〜みん」と言っている。そして数字をおぼえつつある。やっぱり理系？　さらに私のふとももに入ってる入れ墨バナナと肩の入れ墨Qちゃんを指差して「ばな〜」「Qあん」と言っている。絵が描いてあるお母さんでよかった……めずらしいでしょう、きっと。「アンダンテ・モッツァレラ・チーズ」みたいだなあ！

そしておかしなことに、「さぞかわいいカップルになるでしょう、これを着たら」と思ってタムくんとヴィーちゃんにプレゼントしたTシャツだったのだが、それを着たふたりの写真が送られてきたら「タイのマフィアとその情婦」みたいになっていた。おかしいなあ……。フラボアの神秘をまたひとつ見た。

なっつがいたので、チビラも連れてお姉さんたちの店へ行き、おいしいものをわけあって食べた。チビラくんはまた別の席のお姉さんをナンパしていた。あんなことが思うがままにできたらいいよなあ、とヒロチンコとなっつがしみじみと言っていた。やればいいじゃん！

2月3日

チビラくんのパンツが大きかったので、サスペンダーを買いにはるばる駅の向こう側まで行く。そしてチャーハンと肉団子を食べたら、とてもおいしかったのに化学調味料によってだるくなったりしびれたりして、全くひ弱になってしまったものよのう。どんどんせまくなっていくというか。まあ、それはそれ。鋭敏になるということは、リスクも高まるということだ。

ヒロチンコなんか、眠気が襲ってきてばったりと寝てしまった。

きっと、あれはそのくらいすごいものなのだろう。うちのお父さんの味の素好きは、当時、はっきりしすぎていた頭を意図的にぼんやりさせたかったのではないか？　とさえ思う。他のドラッグは手近になかったのだろう……。

ハルタさんのお誕生日だったので、お花とプレゼントを持って事務所へ行き、ちょっとだけ打ち合わせなどをして、おいしいお茶を飲んで、実家へ豆まきに行く。本気でまくとけっこう疲れるものだと知った。そして家の中に落ちた豆をチビラくんが掃除機のようにどんどん食べてくれるので、みな楽だと重宝がった。じいちゃんもばあちゃんもおばちゃんもみんなチビラの成長にびっくりしていた。背がすらりと伸びたし、時計を見て数字を言うので「天才じゃ？」「いや、ここだけの話にしておこう」などと小声で言い合った。

そばを食べ、太巻きは食べず、なっつが来たのでデザートを食べた。いい新年だった。

夜中にランちゃんの「ドリームタイム」を読むが、むちゃくちゃ面白くてすごく怖かった。なんてうまいんだ！　なんて怖いんだ！　トイレに行けないくらい怖かったぞ！　ランちゃんはすごいなあ。どんどん面白くなってくるので、もうどんどん読みたいと思う。

こんなになんでも見てもう見なくてもいいところにいるのに、世間の真っ暗い闇《やみ》というものをまだ見据えているのがかっこいいところだ。それに、普通（私も含めて）女性の書くものはどこかきれいな逃げ道があるのだが、全くない。真っ向から書いている。そこがまた好き。

2月4日

朝からはりきっていろいろやるが、全然はかどらないので笑ってしまった。うろうろしているだけではだめだと思い、順番を決めたらますますはかどらない。途中でチビラに壊された本箱を買いに行ったりもした。そのあいだチビラくんは陽子ちゃんと仲良く過ごしていてくれた。

そして鈴やんからのメールで、三回分くらいためていた菊地さんのバウンスの連載を読んで、長渕剛のところで笑いすぎていすから転げ落ちてしまった。人間がほんとうに笑いすぎていすから転げ落ちるとは知らなかった……。

夜はゲリーと食事。懐《なつ》かしいメンバーで楽しく思い出を語り合った。えり子さんも来たので、超能力者いじわる対決も見た。面白くためになった。こんなすごい人たちと日々接していて何事もないように過ごしている大野さんがいちばんすごい……と思った。私だったら疲れて鼻血が出てしまうでしょう。

チビラくんはゲリーの前にわざわざやってきて、何回もにこにこ笑いかけていた。そして特になにをいっしょにしたわけでもないのに、チビラくんは加藤さんが大好き。チビってほんとうにいろんなことをよく感じているんだな、と思う。加藤さんの裏表のない感じが幼児にはわかるんだな、と。

春秋は相変わらずおいしくて、ズワイガニもエビもフカヒレも鶏も繊細に料理されていた。意外にこの季節は行かないので、ぶりのしゃぶしゃぶなんかはじめて食べちゃった。幸せ……。

そしてそこになぜか何回も通りかかる松方弘樹《まつかたひろき》さん……実は私の初恋の人は彼のお父さん……！　なので、実物のかっこよさとやっぱりパパに似ているところにきゅんとした。握手もしてもらった……。私がそのあとなっつの車を待って道に突っ立っていたら、また通りかかったときわざわざ車を止めて「しつれいいたしま～す」と笑顔であいさつしてくださった……どきどき！　好感度超アップ！

夜中にチビラが「ママ～！」と耳元で何回も言うので、「チビラ～！」と返事して、「ママ～」「チビラ～」「ママ～！」「チビラ～！」「ママ～!!」「チビラ～!!」とだんだん激しく白熱していったら、ついにヒロチンコさんが耳栓を取りにいった……。

2月5日

荷造りもすすまないしパソコンの設定もすすまないしタマちゃんはさかってそこいらじゅうにおしっこしているしで、なにもかもが後から追いかけていく形になり、なにをしてるのかわからない一日であった。唯一《ゆいいつ》笑えたのは、バーゲンのパンツを買いに行った帰りにお茶をしていたら、

客「最近の映画でおすすめない？　子供にビデオ借りてきてって言われてるの」
店の人（アート系）「どんな感じのですか？」
客「ええと、ヤンキーが出てくるような青春もの」

というすごい会話を小耳にはさんだことぐらいだろうか。

でもチビラくんはヤマニシくんと森田さんに甘えてごきげんだった。私もヤマニシくんに甘えきって、フックをつけてもらったり、チビのおしめを替えてもらったり、

犬の散歩に行ってもらったりしたので、おかげで夕方にはすべてが多少の進展をみていてよかった。

マザーで北狐のビールを飲んで、いろいろおつまみを食べた。酔えば酔うほど意地悪くなるすてきなヤマニシくんに夫婦そろってきゅんとなった。チビラくんは眠くなってパパにもたれて寝だしたので、パパが抱きかかえて膝《ひざ》に寝かした。それを見て、

「いいな〜、パパがほしいなあ」

と言ったら、

「いるじゃないですか」

と言われたので、

「要介護に近いからだめです」

と答えておきました。昔に戻ってパパの膝でぐうぐう寝たいものです。うちはいつでもお客さんがいたのが悲しい点もあったけれど、パパの膝で寝てしまって起きてもまだ大人がしゃべっていたり、夜中にごはんを食べたりするのは、楽しかった。

晩ごはんのとき寝ていたから、チビラが案の定夜中に腹をすかせてパンパンパンと言い出したので、夜中にヤマニシくんのくれたマロンパンと牛乳を出してあげたら、すごく楽しそうに食べていた。それを見て、そうだよな、たまに夜中に食べると楽し

いんだよな、ということを生々しく思い出した。

2月6日

夜中は三時までいっしょに遊ばさせられ、朝は九時に起きるこの生活……六時間は寝ているはずなのだが、なんだか寝ている気がしないのです。やつれてきた。でもやせはしない。

石井《いしい》聰互《そうご》さんの「鏡心」を観《み》たら、中にとても好きな映像がたくさん入っていて、心が洗われた。昔バリに行ったとき、まさにああいう夢を見たんだけれど、彼もそう感じたのかな。すばらしい映像で、いい夢を見たあとと同じ気持ちが残った。もう消えていってもいい、という感覚だ。この美しい世界の一部になりたい、でもさびしい……というあの独特ではるかに高いところにいるような気持ちだ。

ほんとうにもう私は現実、フィクションともに「おかしくなった女」の面白みをぜんぜん感じられない年頃になっているので、そこだけは全然好きになれなかった。おかしくなった女は古今東西の芸術の大きなテーマだが、そしてたとえば菊地さんみたいに描いてくれれば「わかる、わかるよね～」って思うのだが、とにかく現実に百人とか二百人規模のすっかりおかしくなった女を同性という立場で見たら、もううんざりして何の感慨もなくなるものだ。

ひたすら家で、パソコンの設定などをする。

そして晩ごはんに力を入れる。アサリとツナとトマトのパスタを作ったが、ものすごくおいしくできてしまった。正直者のヒロチンコとチビラくんが、いつになくいっぱい食べていた。

「情熱大陸」で祐真《すけざね》さんが出ていて、よくパーティで見かける人なので、ついじっくりと見てしまった。ファッションの世界というのも、ある意味武士道だなあ、と思った。そう言えばこのあいだ、川久保先生が社員向けに書いた文章というのを偶然見てしまったが、すばらしい文章だった。むだがなく、こびがなく、すっとしている。ばさっと斬られたような感動があった。私もだれていてはいけない、と思った。字数が多くなるのと、いい文章なのは大違いだ。

森先生の文といい、菊地さんといい、藤谷さんといい、ランディちゃんといい、ゾペティくんといい、あまりにも面白い読み物がありすぎて、時間がほしい！　なんて面白い時代なんだろう！　自分でさがせばいくらでもすごいものが見つけられる。そしてマスコミはお金をかけてつまんないものの宣伝ばっかりしている。なんて時代遅れなんだろう！

2月7日

チビラくんの誕生日が明日なので、小さい誕生会。

両親と姉から、ものすごいジャングルジムとかスカジャンとかをもらう。さりげなくトラの刺繡《ししゅう》が入っていて、チビラくんは「はんしん！」と言っていた。思うつぼだ……。

姉がいろいろなごちそうを作ってくれたが、彼はオリーブと黒豆ばっかり食べていた。あと炊《た》き込《こ》みごはんばっかり……それらの三品以外を喜んでがつがつ食べていたのは、大人ばっかりだった。そしてちょっと「に」「ご」「きゅう」などと数字を言うたびに拍手をもらう幸せなチビであった。

春樹《はるき》ファンのなっつくんが春樹先生の訳した絵本をプレゼントにくれた。なっつ「春樹の訳した絵本を、ばななに読んでもらう、なんて贅沢《ぜいたく》なことだろうと思って買ってきました」

これまた思うつぼだ……。

チビラくん、ジャングルジムについていたすべり台がすごく嬉《うれ》しかったらしく、全然寝ようとしない。大暴れしながら三時過ぎにやっと寝ついた。興奮しすぎだ。

2月8日

そして誕生日の彼は、午後二時半まで寝ていた。

もちろん子供にとって早寝は大切だし親にも大切だが、「最高に楽しいと寝てるひまない」みたいなことも大切だと思う。バランスですね。

ハルタさんからいかすガイコツ柄のジャンパーが、森くんと平尾さんからはすてきなTシャツと指人形が、ヤマニシくんからはQちゃんの絵本と、なんとチビラくんが今言える言葉が全部描きこまれている肖像画（と言っていいのだろうか？）が送られてきた。すご～い！　宝の山！　うらやましい！

そう、ヤマニシくんの絵は一生の記念……「ちんちん」「Qちゃん」「チャッピー」「なっちゃん」「ドアドア」「ニャー」「ババール」までみんな描いてある。いつもいっしょにいないとわからない言葉だもんね。二歳のときはまさにこうだったよ、とあとで言える！　すてきな思いつきだ。さすがゲンイチどんだ。

そこに陽子ちゃんもなんかすてきなパズルとアンパンマンのトランペットを持って来てくれたし、加藤さんも書類といっしょにかわいいカーディガンを送ってくれた。幸せものだなあ！

フラへ。

みんなの踊りがかわいくてきれいでよく見ると個性があふれているので、幸せに見物した。私はふりつけを覚えるのでやっとであった。

ワダ先輩とオガワさんと慶子さんにもかわいいものをもらった。自分の誕生日みたい……サンディー先生とクリ先生にもハグをたくさくされました。チビラくん……もてもて人生だ。

私が小さいころ、親に「おまえがもてもてなんじゃなくて、お父さんが人気商売なんだよ！」と言い聞かせられたものだが、私は親ばかばかばかなので「うれしい……」と思うばかりであった。大勢の人に意味なく好かれなくてもいいから、こうやって、親の親しい人、ほんとうにすてきな人たちに成長を気にかけていてもらいたい、そういう感じだ。

さて、明日から短いですがベトナムへ行ってきます。

2月9日

成田までなっつに乗せていってもらう。チビラくんは家を出る寸前まで寝ていた。私も家を出る寸前まで荷造りをしてなんとかなった。

風邪をひいてよれよれのおおしまさんがやってきたが、顔色も悪く気の毒だった……忙しい人ってたまに行事が入ると倒れるものなんですよね。

私はいつでもそうだった。紫式部賞のとき過労で倒れて、旅館に宇治市のお医者さんが往診に来てくれた。いい人で楽しかったけれど、当時の秘書のナタデヒロココさんにすごく迷惑をかけて泣かせてしまった。そしてついに「なんかこのくりかえしもいやだな」と思って、しばらく仕事を休んだものだったが、休みきれずに失敗した……それは自分のことなのに人に頼ろうとしたのが間違いだった……ことはおいておいても、あの事件はとてもよかった。自分がぎりぎりで回っていると、人のミスが直接体力と気力のロスになるので、許せなくなる。そして倒れて同情でもされないと人の愛情が確認できなくなる。そういう自分もいやだった。忙しさは、自営業の場合自分で選んでやっていることなので、自分の責任になる。つまり倒れたくて倒れているということになってしまうから、ほんとうにくやしかった。病院の庭でなぜかリサ・

ロープとか今はもうやってないミカちゃんのサテライト・ラヴァーズをしみじみと聴きながら（弱っていると女性ヴォーカルが聞きたくなるのだろうか）、もっと病気の人たちよりもよほど病んでいる自分を見つめたのはとてもよかった。

おかげでもうめったなことでは倒れなくなった。倒れてもすぐに立ち直る。基本的に深くは考えず、やれることだけやっているがその人生が楽しいからだろう。なにか（多分自分の中のあほな自分）にざま〜みろ！　と言いたい。つぶれてたまるか！

飛行機の中でもチビラくんはずっとおとなしくて、私となっつのあいだににこにこして座っていた。私たちは同じ映画（ジュリアン・ムーアの出てくるSFみたいなやつ）を観ていたが、ちょっとだけ前になっつが観始めたために、私のほうが数十秒画面が遅れていて、なっつがびっくりすると私がその十秒後にびっくりすることになり、すごくおかしかった。そしてこれがまた唐突にびっくりすることがとても多い映画だったのだ。

ホーチミンに着いたのは夜11時近く。

空港の前に意味もなく大勢人がいるのがアジアの感じ……。そして暑くて嬉しかった。さっそく靴下を脱ぐ。チビラくんはさっそくピンクの服の女の子をナンパしていた。

黒くて元気そうな健ちゃんが迎えに来てくれたので、みんなでホテルまで移動する。死にそうなおおしまさんは早速睡眠。私となっつとギンギンのチビと加藤さんと陽子ちゃんはせっかくだから散歩することにする。みんながむちゃくちゃな法則でバイクに乗ってくるから道を渡るのがむつかしいのはシチリアそっくりな感じ……最後までひとりでは渡れないとすぐにあきらめた。あきらめ早し。

お金を持ってなかったので、健ちゃんにゆでとうもろこしとイカを買ってもらい、みんなで食べた。お正月の飾りと照明とお花で、大通りがとてもいい感じだった。夜遅くまで意味なくみながうろついているのも南の町の特徴かも。

2月10日

朝、でっかいジャグジーにお湯をためて、チビと陽子ちゃんと三人でまったりとお風呂《ふろ》に入った。なんだかエロいわ。チビラくんはお得だわ。ここはマジェスティックのスイートルームです。

ホテルの飯はいまいち（でも味噌汁《みそしる》があった）、遅くに行くとなにも残ってないので切ない。味の素がいっぱい、これもアジアならではのしびれぐあい。でも、東京でとるほどのダメージはないのは、汗がいっぱい出るからと、野菜も多いのと、場所に合ってるからかな？

十一時に健ちゃんが迎えに来てくれたので、暑いな〜と言いながら、散歩に出かける。正月で店がしまりがちだけれど、あちこち開いているので眺めたりしながら。だんだんこの町のことがちょっとずつわかってきた。私の苦手な値切りの儀式もばっちり存在。そして地元民の健ちゃんもアイスクリームを値切って「高い！」と言って追いかけてこさせようとして失敗していた。あの方法で失敗することってあるんだ……！　とすごく感動した。お正月で屋台のおばちゃんたちもやる気がないのだろう。

もういきなり氷の入った水とか飲んで、どうでもよくなってきた。さらに食堂に入ったら、それがもう「シクロ」という映画に出てきそうな、私の頭の中のベトナムはまさにこれですよ！　って感じのお店で、やっと旅気分が全開になった。ビールを飲んで、海老《えび》とか豚のレバーとかチャーハンとかイカとか食べた。それ（豚はそうでないと思いたい）がみんな生きてるのをすぐに調理してるからおいしかった。チビはなっつっと加藤さんの間を行ったり来たりして、楽しそうだった。チビラくんが「ミッフィー」と言ってるから見たら、メニューにはミッフィーの肉もあり、かごの中にはたくさんのミッフィー！　が……よかった、頼まなくて……うさぎたちはその場でしめられちゃうんだな。

　夕方はプールでごろごろして疲れを取り、ディナークルーズの船に乗ってごはんを食べた。地元の人の誕生祝とか家族の外食とかで普通に乗るものらしくって、ちょっと前の日本の外食みたいでとっても楽しそうだった。いいなあ。外食時はお母さんがなぜかジャケットを着るのも特徴です。こちらのお母さんたちはつらい時代をくぐっているせいもあって、みな貫禄《かんろく》があり自然と敬いたくなる。

　ゴーヤと鮫《さめ》のつみれだけのシンプルな鍋がすごくおいしくて、みんなでぱくぱく食べた。あまりにも船が出るのが遅かったので、ほとんど食べ終わったころにやっとクルーズがはじまった。人によっては船が出る前に食べ終わって帰って行ったが、それってていったい？

　私がメニューを見ながら「フレンチフライ食べようかな、つまみに。でも、ベトナムまで来てわざわざフレンチフライを食べるのもなあ」と心の中で思っていたら、なっつが「フライドポテトがありますよ」と急に言ったので、すごくびっくりした。

私「なんでわかったの？」

なっつ「『偶然の旅人』ですよ……。わざわざベトナムで、しかも船の上でっていうのにきっと意味があるんですよ」

私「いずれにしてもなんだかレベル低〜！」
村上春樹先生、名作をおとしめてごめんなさい。でも、ちょっとだけあの小説みたいって思いました……。

2月11日

近所のフォー屋にフォーを食べに行く。二階のまさに物置みたいなところで、しぶい気持ちで食べた。そしてシルクの店でみやげものを買い、お茶する。チビラくんはたくさんしゃべるようになり私の肩の刺青《いれずみ》を見ては「Qあ〜ん！」と叫んでチュウしたり、「ママ〜！」「チビラ〜！」「ママ〜！」「チビラ〜！」と高い声で言い合って抱き合うのが流行《はや》っている。かわいいけど、なっつにも「なっちゃん？」とかわいい声で呼びかけては「抱っこ」と言って抱きつき、自分の行きたいところを指差して連れて行かせたり、食べ終わったもののカスを捨てさせたりしている……あんなモビルスーツがあったらいいなあ、と思うような甘えられぶりだ。

健ちゃんと旅行会社の人たちが来たので、二時半過ぎに車に乗ってミトーに出かける。ガイドさんつきで、いろいろためになる説明を聞いていたが、ある瞬間ほとんど全員が寝たのでびっくりした。運転手さんがよく起きていられたなあ、と思うようなちょうどいい天気だったのだ。

水辺の夕方って大好きなので、ミトーに着いたときにはメコン川の大きさとか光の感じになんとなくナイル川を思い出した。いろいろな意味でそっくりな気がする。あの、エジプトでしか味わえなかった夕方の気持ちを思い出した。それはこの人生で最高にすばらしい思い出のひとつだったのだ。

小船を乗り継いで蜂蜜《はちみつ》農家へ行くが、私もなっつも蜂が大嫌いなので、ただ震える思いをしただけだった。でも蛇は好きなので、ニシキヘビを巻かせてもらって嬉しかった。蛇は真っ黒い目でこっちを見ていて、やっぱり亀《かめ》とは違うなあ、と思った。

そこで竜眼の蜂蜜を買った。竜眼がそこいらへんになっていて、甘くておいしく、ガイドさんが取ってくれたのをチビラがいっぱい食べていた。

そして亀島に渡って、普通の家で晩御飯を食べた。おいしかった。日本の若者たちがホームステイしていて、これがまた旅先で絶対会う感じの二人連れで、ほんとうに知り合いかと思うくらいだった。うちとけ方と堅さのバランスまで完璧《かんぺき》に旅の子ら。

星や蛍を見て、犬と遊んで、また夜の船で帰った。夜景がきれいで、気候もちょうどよく涼しくなって、気持ちがよかった。若者たちは蛍をわざわざ照らして「うわ

〜ほんとうに虫や」と言い合っていた。新しい蛍鑑賞のしかたです。光ではなく虫を見る。

案内してくれた杉本くんの面白い話を聞いて、ついいじめてしまう……あんなにかわいい男の子が旅行会社の人として野放しになっているなんて、おそろしい。日本人女性観光客入れ食いだろうと思う。

町で冷たい生ビールを飲んでホテルへ帰る。

三夜目にして、やっと「限られた熱い湯にみんなで入って温まる」方法を開発して、陽子ちゃんとチビラと三人でしっかりと温まった。工夫してみるものだわ。

2月12日

朝ごはんのオムレツを作るお姉さんが上手でしかもかわいらしかったので、とても満足した。

おおしまさんもじょじょに復活して、女友達を作って独自の毎日を（風邪ながらも）遊びまわっているようだった。みなで推測したり冷やかしたりして散々楽しむ。

健ちゃんと市場に行ってみる。値切りつつもおおしまさんといっしょに小さい刺繍《ししゅう》の袋を「バイヤーか?」と思うくらい買いまくる。ランちゃんに「絶対買いな、たくさん買いな。いくらあっても喜ばれるし、いつまでも人にあげられるよ」と言われていたのであった。チビラくんは人ごみでもにこにこしていたが、ココナッツの実のままのココナツジュースにはおえ〜という顔をした。

Tシャツを買ってビールを飲んで、市場とお別れ。午後になるときの市場の感じも大好き。世界中どこでも同じ、けだるい感じだ。

中華街でコブラ酒を買うのを挫折(なんだかにごって粉がふいていたので……)して、チビラも寝入ったので町に戻り、高いがおいしいフォーを食べ、全員がフォー欲を満たした。そしてカフェでお茶をして、雑貨屋をいくつか見た。最後の高級雑貨店の階段の上り下りにチビラくんがはまってしまい、健ちゃんと手をつないで、十五回くらい上り下りしていた。見ているだけでふくらはぎが痛くなりそうだった。三回ほど参加してみたけれど、しっかりと足が重くなった。

さっと荷造りをして、最後なので高級料理店ホイアンへ行き、シャンパンを開け、お正月料理のコースを頼む。なにもかもが繊細でとてもおいしかったし、店の人のサービスも完璧で、パリで行ったベトナム料理店みたいだった。チビラくんの大好物の海老せんべいもさらっと揚がっていた。ソフトシェルクラブもおいしかった。おおしまさんの青年のようなかっこいいトークもばっちり聞いた。思い残すことはない感じだ。

毎日ずっといっしょにいたので健ちゃんと別れるのがすごく淋《さび》しかった。だいたいいつも忙しかった私たちは二日と続けて会ったことさえなかったような気がする。子供みたいに半泣きでぐずって別れた。チビラくんは悲しい雰囲気になると現実から目をそらすタイプなので、きょとんとしていた。もちろんみんなもしんみりしていた。お世話になりました！

おおしまさんが「前橋市指定ごみ袋」にコートとかセーターを入れて持って歩いていたが、いつもうちのごみすてを手伝ってくれるチビラくんが、何回も運ぼうとしていてマジでおかしかった。

私「それはごみじゃないんだよ〜」

おおしまさん「これ、すごく便利だし、いいと思うんだ。加藤さんの持っているその袋と変わらないじゃない」

加藤さん「違いますよ〜!!! ほら、私のはちゃんと飛行機の絵が描いてあるじゃないですか！　ごみ袋じゃないですよ！」

加藤さんがきっぱりと否定したので、おかしかった。

機内へ続く廊下で加藤さんが「おおしまさん……その袋見るとおかしくて涙が出てくるんですよ、私初めてですよ、ボーディングのときごみ袋持ってく人を見たのは」と名言を残しながら笑いすぎてほんとうに泣いていた。

チビラくんは帰りはほとんどずっと寝てくれたのだが、私の席にぐっと食い込んでいたので私は眠れず、運転のあるなっつがかろうじて仮眠を取れた感じ。スクリーンでは「ウィンブルドン」という映画をやっていた。ヘッドフォンをするのが面倒くさくて観《み》るのをやめたが、いつ見ても全然テニスをしていない超不思議な映画だった。

成田で名残惜しく思いつつ、解散。

いいメンバーで、体力も使いすぎず、大好きな夏を味わえて、その上みんながチビラくんに優しくしてくれて、とてもいい旅でした。

帰りの飛行機で一回チビラくんが後ろの席の寝ている人を起こしそうになって、なっつが「だめだよ」と言ったら、もう疲れ果てていたチビラくんが悲しくなって泣き出した。そうしたらなっつが抱っこしながら「怒ったわけじゃないんだよ、チビラはずっとずっとほんとうにいい子だったよ、それに今もいい子だよ」と言っていた。ほんとうに愛してくれている人の言葉だなあ、と思ってしみじみと感動してしまった。

2月13日

親子そろって下痢気味……体ががんばっているのか、はたまた赤痢か！

ギャルソンで台湾用の上着を買う。いただいた原稿料をはりきって返さなくちゃ（？）！

ミホさんの個展を見にロケットへ行く。

これがもう、言い知れなくすばらしかった。山下清の匂《にお》いさえ……自分の内面だけに住んでいる人の絵や刺繡だった。こういうのを見るとほんとうにはげまされてしまうのだ。テキスタイルが得意だというのはよくよくわかったけれど、できればドローイングをこつこつとねちねちとやってほしいと思った。あまりにもすばらしい！　展示のしかたも本人のあり方も全く野心がなく病的なものの逆に言うと健全なよさがあり、すばらしかった。

ヤマニシくんを待たせてしまって悪かったので、ごはんをおごる。でもうんと安くて、しかもフォーとかだった。昨日までいたところの感じ。腸詰チャーハンをおいしく食べました。おわびにチョコレートを買ってささげた。

そのあと、せっかく原宿だからとフラスタジオへ見学へ行く。クラスの雰囲気が全然違っていてびっくりした。でもあゆむ先生もいて、ふわっとしたいい感じだった。

チビラくんはサンディー先生を指差して「サンディー……」とつぶやいていたくせに、いざ抱っこされると恥ずかしがった。あゆむ先生の豊満な胸に顔も埋めていた。しかもものすごくかわいいじゅんこちゃんを好きになったらしく、またも手を握って並んで座ったり「踊りなんていいじゃん、ここから出ようよ」って引っ張って外に連れ出そうとしていた。

じゅんこちゃん「男の人にこんなにはっきりと好きというのを示されたのははじめてかも……」

サンディー先生が「さあ、チビラくんに踊りをささげて」なんて言ってくださったので、なんとインストラクターの美しいおねえさんたちがいっせいにチビラくんに向かって踊ってくださり、そのあいだも彼は座ってじゅんこちゃんの手を握っていた。

なんてツイてる奴《やつ》だ!!!

2月15日

肩こりが激しいので、ここぺりへ。

麻里子さんが考えられないくらいすごい立体カードを手作りしてくれていた。これはもう一生ものだ……という感じ。だいたいどうやって作られたのか見当もつかない。チビラくんが関さんの家のかに座椅子《いす》に座っているところがポップアップしてくるんだけれど……！

体中ががたがただったのが美奈子ハンドできれいにひとつに縫い合わされた感あり。夜はフラへ。先週終わったと思っていた曲をまた踊ったのだが、すっかり忘れていて、自分の忘却スピードにびっくりした。

そして新しい踊りを習った。サンディー先生が歌いながら振りつけてくださるので、歌にほれぼれしてしまって、全然覚えられないという難点が！

サンディー先生の名言「さあ、オカマになったつもりで踊りましょう。オカマがどうして親孝行かわかる～？　それはね～、オカマは生まれながらにして親不孝だからなのよ～！」

なにに活用していいのかよくわからないけれど、すごく納得した。

最後にクリ先生がひとりで踊ってみせてくれたけれど、ものすごく筋肉を使っているはずなのに、全然そういうふうに見えなくて、空を飛んでいるように軽くて、やはり「ありえない！」と感動した。ぎこちない動きがひとつもなくて、全部流れるようにつながっていた。これがフラなんだなあ、ハワイなんだなあ、と思った。ハワイって、どうしてだか一日の時間の流れにぎざぎざしたところがひとつもないのだ。東京はぎざぎざの人工的エッジを楽しむ街かも。でもそれだけだとへとへとになってしまうので、ハワイに行ったり、フラを踊ったりするわけです。

森先生の「スカイ・クロラ」を読んでいるが、すごく好きな小説で驚いた。ミステリィというものを、ものすごく広い範囲で捉えているというか……私の中のおたくの血も騒ぐし、自由というものに対する考え方もものすごく納得がいく。言い訳のない文章で、気持ちがいい。そしてそこから浮かび上がってくる言い知れないムード……その美しさはもう「才能ですね」としか言いようがない。

でも読んでいるとキックやパンチが飛んできて、電気を消さざるをえなくなり(チビは鳥と同じで暗くすれば寝るのです)、なかなか読み進まずくやしい。

夜中にいきなり蕁麻疹《じんましん》がどば〜っと出て、下痢も出て、ものすごくよく眠れた。これはここぺり効果だと思う。

2月16日

ベトナムで特に英語を使っていないのに、英会話がいつもよりも楽なのはなぜ？やっぱりちょっとでも耳にすると慣れるんだなあ。

マギ先生はいつも通りぴかぴかの美人ちゃん、そしてふたつの家はデッキで見事につながっていた。そうか、自分たちが住みやすいように勝手に改装してもいいのに、なんとなくしないのが日本人なのね〜、と思った。彼らのためらいのなさにびっくりしたのも確か。でもよく考えてみれば別にいいんじゃん、持ち家なんだから。

目からうろこだわ……自分の家は借家だから生かせないけれど。

あのとき、道に木材をばーんと広げて、家族みんなで木を切っていた彼らを見て、なんとなく「おお！」と思ったのは確かだった。

今年に入ってから、目からうろこが落ちることが多すぎて「これまでの自分はなにを考えていたんだろう？」と思うことばかりで、面白い。たとえば私は人に何か頼まれて断ることができないたちだったが、今では全然負担にならずにできる。いくつになってもこういうことってあるんだなと思う。まあ、いやな目にあって目が覚めたというのがいちばん近い言い方だけれど、もっといいふうな要素もある。価値観をはっきりさせるということと、どういうふうに死にたいかということだろう。

2月17日

お休みってすばらしい、と思ってぐうぐう寝ていたら、日ごろの寝不足がたたって一時まで寝てしまった。時計を見て、ヒロチンコと笑ってしまった。「一時だよ？」「一時だね？」と。チビラくんも寝ていた。

あわててカフェにカレーを食べに行き、燃料補給……みななんとか人として歩けるエネルギーの余裕が出た。台湾旅行がせまっているので猛然とリュックを買ったり靴下を買ったりした。

そしてあっこおばちゃんからいただいたお金で買ったチビラくんのベンツが届いたが、あまりのでかさに圧倒される。開けてみたら、家がせまいので動かす場所がありません！　これはベンツ型の椅子です！　っていうふうになった。

そして実家へ向かう。石森さんがいたので、みんなでごはんを食べることになった。姉の作る鶏鍋《とりなべ》は最高で、なんと鶏は団子と肉両方が入っている。あとはせりと水菜だけだが、それらをねぎ塩のタレで食べるのが考えられないくらいおいしい。最後は稲《いな》庭《にわ》うどんなのだが、これがまたおいしい。最近食欲が落ちている私だが、姉の作ったものは別。いくらでも食べることができる。

石森さんのすばらしさをみなでほめたたえて、いい感じで飲んだ。

その中で父があまりにも冴《さ》えたいろいろないいことを言ったので、感動した。もはや長老の風格さえ……。わが親ながら、すばらしいと思った。そのくらいいい話の連発だった。

これはあとでヒロチンコに聞いたのだが、父がこのあいだ病院に入院していて、夜中に看護婦さんが下の世話をするのが大変なとき（勝手に導管できないので）、コンドームに管がついたやつをつけとけと言われたらしい。気持ち悪いので父はすぐにはずしてオシメライフに移行してしまったが、そこで父は病院というものの問題点が突然わかったのだそうだ。それは「つまり患者第一ではない、ということなんですよ」だそうだ。

健康な人にはわからないと思うが、これは真実だと思う。身内を失った人、そして闘病する身内のいる人、闘病中の人には身にしみてわかるだろうと思う。病院で味わうあの気持ち……自分は取るに足りない大勢の中のひとりで、権利がなく、わがままならまだいなしてもらえるが、普通の意味での意見を言うことはありえない存在であるというあの気持ち。「こんな忙しくてえらい先生がわざわざ顔を出してくれているのだから、文句は言えない」と思わさせられるあの気持ち。いい先生や優秀な看護婦さんが混じっているのでなかなか言いにくいのも確かだが。

そして父が、姉が最近料理にどんどん慣れてきて料理を手抜きすることをおぼえてよかったと思う……というようなことを言うので、「手抜きってどういうこと？」と聞いたら、「味とか……あとは別々のはずのものがいっしょになっていたりとか」と言っていたが、いったいどういう状況なのだろう？　ううむ。いろいろ考えてしまうが、こわくて姉には言えない。

2月18日

朝、恵さんからパンが届く。ソーセージロールとコーンブレッドだった。どっちも早速試食。すごくおいしいし、売ってるのよりもぱりっと焼ける。蒸気もふわっとあがって、幸せな感じ。チビラくんもはちみつをつけて食べた。

ワードフライディで資生堂の世界へ。りっぱなサロンでヘアメイクもした。

これまでにいろいろなヘアメイクを受けてきたが、あれほどまでにおそろしいと思ったことはなかった。メイクがではなく……ヘアの人たちと……お客さんたちが……。お客さんたちがみな昭和初期の世界からタイムスリップしてきたようであった。

晩御飯を食べに行くために髪の毛をセットする人たちの世界に単身紛れ込んでしまった原住民という感じだった。ありえない、この髪型で外を歩くなんて……というようなことを何回も言われて、五回くらい鼻で笑われてさすがに「住む世界が違うんですって」という言葉がのどまで出かかったが人のお金で受けているものなので、じっと耐えた。あの場所は、一生に一度で充分だ。

ワードフライディは場所も広く、お金もかかっていてよくできている会だった。後藤さんの実力も発揮されていてよかった。むりやり司会を頼んだのだが、後藤さんといっしょに質問していったからこそ長島さんの面白さをひきだせたのであって、後藤さんが私と同じところで「面白い！」と思っているのが目と目でよくわかり、心強かった。

もっとも興味深かったのは、男の人が奥さんを撮ると実際はさほどでもないのに妙に理想化されるが、女がだんなを撮るとあんなにもラブラブなのに「このろくでなしが〜！」っていうふうに撮れてしまうところだ。そうか〜、なるほど、と深く思った。

客席にヒロチンコも陽子さんも加藤さんも見えたので、全然あがらなかった。おおたさんに久しぶりに会えたのも嬉《うれ》しかった。チビラくんを見てもらえたので、満足。チビラくんもひざに顔をすりよせていた。

秋山さんもお元気そうでなによりだった。後藤さんの奥さんは天使みたいな人だった。あんな中年婦人はなかなかいない。真っ白いオーラにびっくりした。やっぱりなあ！　と思った。そうでないと後藤さんもああはいられないよなあ。十数年かけて小出しにわかってくる彼の真実は常に奥深い。

長島さんはもともときっぱりとしていて言い訳もしないし男らしい人だったが、お母さんになってますます凄《すご》みが増して、「いい女」っていう感じになっていて、ああ、昔の日本の女ってこういう美しさだったんだろうな、と思った。あんなママがほしい！

が、そういう自分もママであった。

資生堂パーラーから出前で取ったおいしいものを本気でがつがつ食べ、終了。

家に帰ったら全員（含む赤ちゃん）がウンコをしはじめて、ヒロチンコといつまでも片づけ続けた。

そしてフラボアの宇津木さんからすごいイルカのスカジャンをいただいたので、喜んで着てお礼メールを出した。そうしたらすごくいい感じのお返事が返ってきて嬉しく思った。

お人柄ですね。いい服を創《つく》る人は文もすっとしているとまたも思った。

2月19日

ヤマニシくんがやってきた。朝からひとりこつこつと働いていたので嬉しくて、パンとオムレツをいっしょに食べた。連載の絵も見せてもらった。ヤマニシくんの原画のもうむらむらするような色のにじみぐあいは、印刷だととてもむつかしい。原画を見るたびにそう思って、ますますむらむらする。

久しぶりに森田さんもやってきた。安心しておそうじをまかせて、しばしぐうぐう寝た。四時間しか寝てないのに、朝ビーちゃんに膀胱《ぼうこう》を思い切り踏まれてびっくりして起きてしまったのだ。

夕方はももたさんに絵を渡しに行く。ももたさんは変わらず華麗でピンク色だった。個展のためにはりきっている様子。3月の頭（2～6日だそうです）にラフォーレのちょっと千駄ヶ谷よりのもうひとつのラフォーレの中のラップネットでやるみたいです。私の文庫の表紙も展示されますよ！

そこに先輩たちがやってきたので、ふたりにと買ってあったお皿を渡し、CDのお礼を言い（すばらしいCDをもらったのです）、お茶をしながらいろいろしゃべっていたら、ものすごくいいことがはっきりとわかった。

簡単に言うと、この十年くらい、私は「真実の周辺にあるもやもやしたものを細かくといていけば、おのずと真実は見えてくる」という手法でいろいろ考えたりやったりしていたのだが、ある瞬間から「もしかしてこのもやもやはただの無駄なんじゃ？」と思い始め、どんどん何かが見えてきたのだが、まさに先輩とミカちゃんがそれと同じことを言っていたので、はっとしたのだ。ものすごく有意義な会話だった。

帰ってパスタをゆで、カフェのマスターにいただいた野沢菜と共にヤマニシくんとヒロチンコと食べた。そしてチビラくんもいっしょに椅子に座って食べたので、大人四人の晩餐《ばんさん》のようだった。

2月20日

まったりとした日曜日。いたずらにつぐいたずらに耐え続ける。でもママに見つからないように棚のものを出そうと策略を練っているさまなどがかわいいし、最近怒ると「まま〜ん？」と甘えてくるのですぐ許してしまう。

蜜月《みつげつ》だ……。

合間に夢中で「ナ・バ・テア」を読んだ。設定がつかめているので謎《なぞ》は減ったが、人間関係が面白くて夢中で読んだ。森先生の小説は純文学のようにこってりと描写されていないぶん、妙な空間が生きている。「ロスト・ハイウェイ」と「イデオン」と「ガンダム」を絶妙に混ぜて、「オネアミスの翼」（だったかな～？）を少し足したような私好みの世界だった。いつまでも読んでいたい世界だ。

ヒロチンコが夕方帰ってきたので、マダムばっかり来る犬の店にカットに出かけていたゼリちゃんを迎えに行き、ついでにそこの上でフレンチを食べる。チビラくんが店で寝てしまったので、ふたりでゆっくりと、豚足や白子などこってりしたものをたくさん食べた。店長さんが来たのでつい「ノーパンですか？」と聞いてしまった。いつもノーパンだっていうので、気になったのだ。男のノーパンライフが。

そうしたら明るく「ええ、そうです」と答えられてしまい、どうしていいのかわからなくなってしまった。そして彼は「年に数回しかはきませんね」と言ったが、その数回の時がどういう時なのか、知りたくとも怖くて聞けなかった、意外に気が小さい私。

ゼリちゃんのいる階に行ったら、私たちに待たされてかんかんに怒っているがその怒りに相反してかわいくふさふさしているゼリちゃんがいた。そしてまわりに大きな犬たちがいっぱいいたので、つい懐《なつ》かしくてたくさん触る。大きな犬のウンコさえ懐かしい。大きな犬に抱きつく感触が懐かしい。チビラくんもすっかり目覚め、喜んで「わんわん！」と触っていた。大きな犬を全然恐れないので、頼もしいかぎりだ。

家に帰ったら、コラーゲンで顔がてかてか光っていたので、豚足の威力を知った。

ヒロチンコにも「まほちんさん、顔が光ってるよ！」と驚きと共に指摘された。

2月21日

ペットシッターさんに家の中の説明をして、留守にそなえる。

セコムのこともきっちりと伝授したので、安心して出かけよう。

そしてタマちゃんがさかっておしっこをしまくり、おしっこまみれになったCDラックを買い替えにいく。今度はおしっこしようにもできない縦長の形を選んだ。むなしい対策だが、しないよりはいいかな？　と思い。

そして焼き鳥を食べる。焼き鳥とは、最上か中の下しか存在しない食べ物だと思うが、今日のは後者であった。お座敷だったので、チビラと転がりあって遊んでいたら私も酔っ払ってきて歯止めがきかなくなり、大騒ぎしてげらげら笑っていて、ばかみたいな親子だった。

あまりよくないマンガばかり四冊も買ってしまい、全《すべ》てはずれだったので衝撃を受けた。こんなことってあるのか？　ジャケ買い大失敗。で、しぶい気持ちでスーパーテレビを観《み》た。占い師が開運してくれるという内容だったがこれまた衝撃もので組み合わせたら危険かもしれないものをばんばん組み合わせているが、「こんなことしてしまってあとで大変にならないのかな？」と思った。開運に関しては専門家の安田隆さんに今度聞いてみよう。もしあんなことして大丈夫なのだったら、そこには絶対何か秘密があるはずだ。探りたい。

あと、お見合いパーティってあんなに金を取るのに、あんなうらぶれた会場で、次々別の人とちょっとずつしゃべったりして、なんだか淋《さび》しい気がする。お金で解決できることなのであれば（もしもその人にとってそうなら、ですが）、どんどん払ってでももっといい感じの普通のお見合いをしたほうがよくはないだろうか？　などと思ってしまった。

近道をするとあとがたいへん……という考えもあれば、近道をしてでもすばやく成長したい、という考えもあり、いずれも本人しだいですな。

2月22日

映画のプロモーションで来日中のアーシア・アルジェントさんと対談。

現場には妊婦さんもいたが、胎教にいい対談であったことを切に祈る。なんと言っても幼児虐待の映画であるから。私も日曜の午後にチビラくんといっしょに観ていて、暗澹《あんたん》としたものだ。でもチビラくんはたくましくもマリリン・マンソンを指差してにこにこしていたので、これはパパと同じ誕生日のお兄さんですよ～と教えてあげた。

アーシアちゃんは三歳の女の子のお母さんになって、すっかり落ち着いていた。私たちは実は十年以上前からの知り合い？　友達？　親戚《しんせき》？　という関係。前に会ったときは苦しい恋をしていて超美人だったが、つらそうであった。親戚のおばさんとしては切ない気持ちになったものだ。

今回は会うなり「子供産んだよね？」「あなたもね！」という話になった。めでたいことだなあ。

相変わらず勘もよくインテリジェントできれいで優しくて、ちょっとダークなところもあり、ほんとうに好きな感じの人だった。同じ種族の人だと思う。いつでもそう思う。彼女のしたいことが、私にはいつでも痛いくらいによくわかるのだ。それがほかの人にはわかりにくいことであってもだ。そしていくら間をおいて会っても、全然そういう気がしない。昔からの知り合い、懐かしい人……そういう感じがする。

それでそういう懐かしい感じの人たちに会うと全員が私のことを「子供みたい」と言う。今日も言われた。四十になるっちゅうのに。

いちゃつきながら写真を撮って、いろいろしゃべる。

そして「サラ、いつわりの祈り」の原作者であるJ・T・リロイさんが最後にちょっとやってきたが、あまりにもかわいくて白くて天使のようだったので、びっくりした。作風と全く変わらないイノセントな目だった。どんなこともその目で中和して描写してしまうのがあの人の小説の特徴で、だからこそ読むほうには衝撃だったのだろう。

「決して彼を裏切れない、彼はいろいろな人に傷つけられてきたから」と言い、三年もかけて真摯《しんし》にあの映画を撮ったアーシアちゃんの愛情と男気のようなものが、ますます、ひしひしと理解できた。ああいうふうに突っ込んで撮ることが、真の愛情だろうと思うのだ。サラを演じるのはほんとうにつらかったし、サラを演じているのを娘に見られるのがいやだったから現場に連れて行かなかった……と言っていた。

あの映画をもっと口当たりよく一般受けするふうに撮るのは簡単だろう。でも彼女にとってはあそこまで突き詰めることこそが、誠実さであったのだろう。離れていてもいつでも彼女の幸せを祈っている。彼女とその家族全員の幸せを。

さて、横山さんにヘアメイクをしてもらいながら、おそろしいことを聞いた。パーマ液とか毛を染める液とかって、脳に直接しみこんでいき、脳の表面がたるむのだそうだ。いつも毛を染め続けている人を解剖すると、脳にも色がついているそうだ。ひょえええええええ！　もうパーマかけるのやめよう、ほんとうに。おおこわい！

明日から台湾に行ってきます。

2月23日

台湾へ。

車の中でさっそくチビラくんがゲロを吐いたので、着替えたりなんだりしてなんとか空港へ。今日の成田はむちゃくちゃに混んでいる。わけのわからない人たちでいっぱいで、驚く。これが観光シーズンというものなんだなあ。ほんとうに朝からビールを飲んで海外旅行にはしゃぐおじさんだとか、成田で買うおみやげサービスを検討するおばさんたちとか、短パンで出かけてしまう若者たちとか！

空港の書店で森先生の本を買ってしまったので、飛行機で読み始めていきなり入り込んでしまった。おかげさまでもう台湾というよりもすっかり長崎に行ったような気持ちに！　損なの？　得なの？

だんだん彼の文章のなににひきつけられているのか、自分でもわかってきた。そして自分が小説を書かなくても、これだけの人がいたらもういいや、と報われているような気分になってきた。なにかが似ているんだけれど、全然違うというところが要《かなめ》かもしれない。私は全くの文系人間なのに、メールの文体とか、ちょっとした物言いがそっくりなので、入り込みやすいのかもしれない。みんなが気づきにくい、私のこの異様な冷静さ……世間ではとても評価が低いので、救われる気がする。

空港にKさんが迎えに来てくれたので、早速烏來《ウーライ》に出発。天気は微妙に曇っているのだがでっかい満月がたまに見える。星も驚くほどたくさん見えた。烏來は昔の熱海や箱根にそっくりだ。ただ、気を使ってモダンなホテルにしてくださったので、今夜はあまり取材にならない。なので、なんとなくおいしいものを食べたりして、休むことにする。

日本でも今、このスタイルの宿が大流行だ。モダンで、インテリアも近代的で、エステなどが充実していて、ヌーベルキュイジーヌ風の食事……もちろんそれはそれですばらしいのだが、器があって人材がいないのが現状。つまり恋人関係と不倫関係のためだけにある、ということになってしまっているのが現状。本物の大人がいないというか。

で、非現実的な世界を楽しめるのは、その種の人たちだけ……ということで、なんだか淋しい文化だなあ。ほんとうのお金持ちは意外にそういうモダンなところに行かないようだし。

部屋の風呂《ふろ》が大きかったので、チビといっしょに遊びながら入った。すっかり湯だってみんなぐうぐう寝た。

2月24日

烏來の観光と取材。

国立公園やダムに行く。

去年国立公園への憧《あこが》れを口にしすぎて、なにかと国立公園に行く人生になってしまった気がする。

ものすごく空気がよく、天気もよくて滝もきれいだったし、思ったとおりのとてもいいところだった。日本で言うと、群馬と軽井沢と那須をみんな足して時代も昭和に戻したようないい感じだ。

そして観光街に行って、足裏マッサージを受ける。

酒くさい人あり、屈強な男ありで、おそろしかったが体がぽかぽかになった。

私は屈強な男にもまれて「痛い！」と叫んだが、「痛くないと治らない。さらにあなたは心臓の力が弱いけれど、痛いとドキドキして強く脈うつので血行がよくなる」と謎の理論で、しかも真顔で諭された。

このマッサージを広めたという呉神父……いったい、どんな人？　西洋人だっていうことしかわからなかったけれど……大人になってはじめてグーで頭をごんごんたたかれて、小学校の時の体罰がよみがえってきましたね。

そのあとは食堂で野菜を中心にお昼を食べる。気さくで、新鮮な食材でとてもおいしかった。だいたいみな炒《いた》め物だが、とにかく野菜がフレッシュでいろいろな味がしておいしい。原住民が普段食べている様々な種類の野菜だそうだ。せり、かき菜、空心菜、三つ葉、アスパラ……などの他にも、知らない青菜がいろいろあった。毎日こういうのが食べたいなという深い味わいだった。

雨が降ってきたので、出発して台北《タイペイ》に向かう。台北市内は前に来たときに比べて、外資系ブランドと、外資系の高層ビルでいっぱいだった。日本と比べてみても、ヨーロッパとアメリカの企業のアジアに向けての構想が手に取るようによくわかる。こうやっていろいろな国が企業の力でひとつになっていく……良くも悪くも、そういうことなのだろう。

すばらしい茶藝館《ちゃげいかん》に行く。名前は紫藤廬《ツートンルー》。

オーナーの周さんは将軍の息子さんで、そのすばらしい場所は自分の実家の邸宅だったそうだ。戦前の建物で妙に懐かしい。和洋折衷のよさだ。将軍だからだと思うけれど、お客さんが多かったり、会合があったりしたのだろう、家の間取りがもともとふつうの家よりもずっと「客用」の場所が多く、すごく変わっている。彼は文化的なものを真に好む人だということがたたずまいからもよくわかった。センスもよく、まさに風流。もともとその場にある植物や古い内装、昔の家具を全て生かしてある。サロンにしようと決めてからは、長い時間をかけて今の店を完成させたそうだ。生えている木の形を生かすためにあえて床に穴があいていたり、窓枠の小さな彫刻を小さく残してあったりしてあるからか、いくら手を加えてあっても昔、ふつうに人が住んでいた場所特有の気配がただよっていた。

私たちが時間についてあれこれと思い煩《わずら》っていたら、もっとゆっくりお茶を飲みなよ……という感じで、周さんはとっておきのお茶を出してくれた。そのお茶を飲んだら体がぽかぽかに温かくなり、頭がすっきりとして、ああ、お茶とはこういうものなのか、とはじめてわかった気さえした。うちの近所にはすばらしい日本茶喫茶があるが、まさにそこのお茶と同じ感覚を得たのではっきりとわかったのだ。

空間と、時間を超越して自分を整える瞑想《めいそう》のようなものなんだなあ、と思った。お茶はある種の麻薬なのだ。

それをわからないでただお湯をどばっと入れてがぶがぶ飲むのは空《むな》しい。そういう飲み方をするお茶はちゃんとあるのだから、とにかく茶葉の種類に合わせていれるのが大切ですね。

働いているのもみなかわいくて感じのいい人ばかりで、私の読者もいて嬉《うれ》しかった。Kさんはここで昔デートしたことを懐《なつ》かしく話してくれた。こんなすてきなところで……うらむ、うらやましいなあ。日本にはなかなかない、静かな時間の流れる店だった。あんなところがあったら、毎日行っちゃうんだけどな。

出版社の人たちと会食があるので「鼎泰豊《ディンタイフォン》」へ向かう。

とても感じがよい会食だったので、全然気詰まりではなかった。四年ぶりの懐かしい人たちにも会えた。嬉しかった。

同じ素材、同じシステムなのに日本の支店と全然違うのだ。日本といちばん違うのは皮の味、そして中身との関係。全然違う。ここはほんとうにおいしい。おいしくて、気さくで、質も落ちなくて、すばらしい店だと思う。オーナーは二代目で、ちょっとこぶ平似……あまりにもおいしかったので、心から感謝の意を示してしまった。私の本を読んでくれているかわいいファンの人たちがここにもいたので、にこにこして別れる。

そのあと翡翠《ひすい》の取材で宝石店に行って、あまりにもすてきなものがたくさんあったので取材そっちのけで買ってしまった。もう今年は買えない……何も……。「BOT-TEGA」というフランス系のお店だったが、オーナーのジョイさんは台湾ならではのデザインにうまく貴石や半貴石を組み合わせて、これならフランスでも売れるだろうという作品をたくさん作っていた。正しい姿勢という感じで、安心できた。変に神秘的でもなく、商売っ気だけでもなく。

「玉」の文化がずっと続いているその深みや理由もよくわかってきた。玉市ではにせものが多すぎて、今ひとつ全体のシステムのようなものが見えなかったのだ。ああいう古典的なデザインのすばらしさを、たとえレプリカだとしても大切にしてほしい。

ところで私は今、近所で買ってもらった獅子《しし》のネックレスをしているがなぜか名前はゴンちゃん。チビラくんが毎日「ごんあ〜ん」と言ってチュウをしたり、ゴンちゃんにバナナを食べさせたりしている。いつか彼が外国に行くとき、ゆずってあげよう。

2月25日

仕事仕事また仕事の日。

会食、会見、ＴＶ、ラジオそしてサイン会、また雑誌……という感じで芸能人気分爆発だった。ニュースにも自分がばんばん出ていてびっくりだ。取材のあいだ、ずっと中村くんという日本人の男の子が通訳をしてくれた。ジャンルが全然違うので大変だっただろう。誠実にやってくれてありがたかった。タイヤル族の村に滞在してフィールドワークをしているそうだ。これは……これから面白くなりそうな分野だが、見るからにもう消え入りそうな原住民文化なので、彼の世代でぎりぎりセーフという貴重なものだろうと思った。

ヘアメイクをしてから、会食へ行く。出版社のトップだとか、実務的な仕事をする編集者の人たちや、書店のマーケティングに関わる人たち、ネット書店のマネージャーなど、普段会わないタイプの人々と会話をしてとても有意義だった。記者会見で松家さんが新潮社を代表するにふさわしいすばらしいスピーチをしたので感動する。さすがだなあ、と心から思った。松家さんはこの数年でどんどんムダがなくなって冴《さ》えに冴えている。前はムダがあったというわけでは決してありません！サイン会はかわいい子達でいっぱいで、なんだか胸がきゅんとなった。どこにもいる、同じようにかわいいファンの人たちだ……。

夜はマトン鍋《なべ》。

屋台のようなところで、机に穴があいていて、そこにつぼみたいな鍋を突っ込み、マトンや鵜骨鶏《うこっけい》がぶつぎりで皮付きのままぐつぐつ炭火で煮えまくるというシステムだが、とにかくすごくおいしい。そのだしの濃さと言ったら、もうほとんど漢方薬だ。マトンのほうにはなつめや霊芝《れいし》や当帰やクコなども入っていて、茶色い色だった。陽子さんが「私食べてみるわ～」とにやにやしながら真っ黒い鶏の足をがりがりかじっていてとてもこわかった。

2月26日

目の見えない79歳の占い師さんのところへ、はるばるとバスに乗っていく。途中警察でトイレを借りて、おまわりさんににこにこされたりしたりした。

大雨の中、運転手さんが飛ばしてくれたので、一時間半ほどでついた。チビラくんはなぜかこの運転手さんが好きで、意味もなくせまっていき手をつないだりしていた三日間だった。

なっちゃんといちゃついているのはいつものこと。夜寝る前にも「なっちゃん……」とつぶやくチビだ。

そして加藤さんにもいつでも抱きついていく。加藤さんはものすごく優秀で「うお～、サポートされている！」とひしひしと感じる。加藤さんの優秀ぶりはこれまた目からうろこが落ちる感じで、さすが日本人以外の人たちと長年働いてきただけのことはあるな～、と思った。

占い師さんの館《やかた》は朝から混んでいた。さすがだ。そのやり方は摸骨《もうこつ》という方法で、盲人が幼いころから師について身につける占い方だそうだ。

いろいろ面白いことを言われた。いずれにしてもお金の面は安心そうだ。健康もまずまずみたいだ。有名になれる人です、と言われた。あと、建築現場と病気のお見舞いと葬式には行っちゃだめだと。みなさん不義理をしたらすみません。マレーシアにも行っちゃだめみたい。そこに嫁いだ鴨ちゃんごめんなさい！ あそびに行けません！ そのほか、いろいろ言われた。

その目の見えないおじいさんは日本語ぺらぺらで、きりっとスーツを着ていて、79には全然見えず、ぴかぴかしていてにこにこしていて、彼こそがすばらしかった。彼を見ただけで価値があった。手のひらの線をそっとたどってから、手首に近いところをとんとん、とたたいていろいろなものを見ているようだった。独特の感覚が伝わってきた。優しい手だった。

その後、食堂でいろいろ食べて、空港へ向かう。目まいがするような強烈な臓物もあったがさすがにみんな食べられなかった。スズメバチの酒もあったが、飲めなかった……。透明な鶏《とり》のスープは漢方の味がして、胃がすっとする感じだった。

案内してくれたKさんの私生活の境遇が前と全然違うせいか、Kさんの心のむつかしいところとやわらかいところがよりいっそうはっきりとわかって興味深かった。仕事に対する姿勢もずいぶんと変わってきていて、それは彼女の人生が充実している証拠だろうと思った。前はとにかく仕事命！ みたいな人だった。いずれにしてもKさんは私にとって台湾がつかわしてくれた天使だろう。会えてよかったし、また会いたいものだ。彼女が働いているうちに、もう一回台湾に行けるかな。ぜひ行きたいと思う。台湾が大好きなのだ。

空港に降り立ったら、雪が降りそうに寒い。信じられない〜！

ずっと雨だったけれど、比べたら台北のほうがよっぽど暖かかったのでが－んとなった。うそ、まだ全然冬じゃん！　っていう気持ちです。

2月28日

子供は子供で旅の疲れがあるんだなあ……としみじみ思う。

変な時間に寝たり起きたり、妙にはしゃいだり、わざといたずらしてしかられて泣いてガス抜きをしたりして、なんとか発散している感じがする。

そろそろ旅も選んで連れて行く時期かな？

でも旅先ではなっちゃんや陽子ちゃんや加藤さんにいつでも優しくしてもらえるし、パパもママもいつでもいるから、楽しいのだろう。そして帰ってきたあとの日常がすごくつまらないのだろう。

洗濯もなんとなく終わったし、久しぶりに晴れているので散歩に出る。チビは風邪で鼻水をたらしながらもにこにこしてついてきた。途中でばったり日本茶喫茶のお姉さんに会えたので嬉しかった。チビははじめ「だれだっけ?」という顔をしていたけれど、やがて「あ! 思い出した!」という顔になってにこにこしだしたのでおかしかった。あのお店がないと、道が淋《さび》しい。あの店のためだけに下北に引っ越してきたような私なのに。

数年前に行った居酒屋で、なんとなく軽く晩ご飯を食べる。しょうこりもなく牡蠣《かき》を食べて、また軽くあたった。ほんとうにしょうこりもない。

帰ってから具合が悪いというのに萩尾先生の「残酷な神が支配する」を一気に読んでしまった。森先生があまりにもほめていたので、どうしても読みたくなってしまったのだ。具合がいいときに読んでも悪くなりそうな重い内容であったが、具合が悪いときに読んだのでかなりきびしかったが、ほんとうにすばらしかった。自分が含まれているのでこんなことを言うのもなんだが、ここ二十年くらいの純文学の中で最高傑作なのではないだろうか?

このような偉大な作品が存在するなんて、驚きだ。同じ手法なのだがイサベル・アジェンデよりも人物描写や深みの点で優れている気がする。ノーベル賞取れるのでは?

愛と性にまっこうから挑んだ大作だし、スピリチュアルだった。真の大作、名作は古今東西スピリチュアルなものだったということを思い出した。安いスピリチュアリズムが害だというだけなのだ。

私は、こういう作品を描く人の和みになるような作品を書きたい……そんなふうに思った。寓話《ぐうわ》作家としては一生トライできないような真の純文学大作だった。感動なんてものではない、打ちのめされた。姉に貸してあげよう。今は介護でマンガを描く時間がないが、SFマンガ家の姉の絵は萩尾先生にすごく影響を受けているのだ。姉も描く気がわいてくるかもしれない。

3月1日

設定もほとんど終わり、今日からはマックピープルに戻った私。

……妊娠、出産で忙しくとにかく安定性を求めたのと、出たばかりのOS Xの不安定さやひとつの機械の中でのクラシック環境との切り替えが面倒でいやだったということでしばらくウィンドウズの世界にいたのだが、なんだか毎日役所に出所しているような気持ちだった。デザインというものが人の心にもたらす影響をあなどってはいけないな、と思った。あの、スーパーの広告みたいな色彩を見ていると、心がどんよりして何かに負けてしまいそう。でも、ＦＭＶはいい機械だったから、なんとか耐えられたのかもしれない。それにしてもパワーブックの進化にびっくり!!! 前は「やっぱりノート型はだめなのか?」と思ったものだけれど、今は全然問題ない。

南野さんと陽子さんが来てくれたので、猛然と原稿を書く。そしてＰａｇｅｓの文書は添付しても誰一人受信できないということもわかった。だって拡張子がＰａｇｅｓなんだもの……。

夜はブルーノートに久しぶりに行き、マーカス・ミラーのライブ。かっこいい！ ピンクのシャツ！ よく知らないジャンルなのだが、若々しくうまく気を抜いていなくてとてもよかった。純粋に音楽を楽しめた。

ブルーノートの食べ物は、どうしてなにもかもあんなにも油に包まれているのだろう？ 暗いからわかんないとか？ ただでさえ調子が悪いのに、胸焼けで苦しくなった。

3月2日

スペインの政治家と密談……というのはうそだが、まあ、そんなようなこと。

これからはスペインでいろいろ展開するので、楽しみだ。

お会いしたヒメネスさんはもしかしてゆくゆくはマドリッド市長になるかもしれないそうで、その勢いとか知性にわくわくする。すばらしい女性だった。参事官のおじさんも皮肉っぽくてナイスだった。この仕事をしているといろいろな人に会えて面白い。

「アザーズ」という映画がとても好きだったのだが、監督が私の作品を読んでくださっていることがわかり、嬉《うれ》しく思う。もうすぐ来日するそうなので、会えることになった。あの映画を観《み》たとき妊娠二ヶ月で、でもまだ妊娠していることに気づいておらずでも切実にあのお母さんの気持ちがわかり、「子供を持つってこういうことだよな」と思ったのをよく覚えている。オチはしょっぱなでいきなりわかるのだが、それでもムードがあり、いい映画だった。スペイン映画ってなぜかみな七十年代の香りがする。その古くさいような情緒が好きだ。

私の人生にどんどんスペインが近づいてくる。

3月3日

夜中にいきなり四十度熱が出て、びっくらこいた。

これは……インフルエンザ？　と思うが、多分牡蠣だろう。

二十四時間寝込み、そのあいだにちゃっかりと「数奇にして模型」を読み切る。これはもう立派なファンというか、夢中！　文学として夢中。元オタクの血も騒ぎます。オタクでよかった！　先輩にゆうきまさみさんがいてよかった！　鉄研の幽霊部員でよかった！　ううむ。

いつもたいていのミステリィを読んでいて思う「どうしてこの人たちは身内が死んでも気にしないの？」もしくは「どうしてこの人たちは赤の他人が死んだことにこんなに親身になれるの？」という二大不満がみじんも感じられません。

でも森先生とメールのやりとりをしているときは、なぜか教授にレポートを出すような恐縮感があり、ちっともファンっぽくありません。それは、
1、私が理系に関してほんもののばかだから
2、森先生がほんとうに助教授だから
でしょう。おそろしい……あんなに様々なジャンルに下地があって、それをどれも文に書ける才能もあるなんて……。日本のエーコだな（ちょっと違うかな……）。偉大な才能に接する畏怖《いふ》がこみあげてくるのだ。

あと、自分の「実家も援助して育児も仕事もして家事もしてる」みたいなことに対する甘えた考えが、森先生の生き様を見て、払拭《ふっしょく》された。

実家のひなまつりにも行けず、しずか～に何も食べず寝ているが、体重は、全く減りません。これもミステリィです。

3月4日

羽海野《うみの》チカさんと対談。

雪の中、体調はよれよれだったけれど、ほんもののはぐちゃんみたいなかわいらしいチカさんに会えて、なんだか高校時代の同級生に会ったみたいで、なつかしくて、幸せだった。ますますあのマンガが大好きになった。かしこく、いさぎよく、繊細で、面白いことをいっぱい言って笑わせてくれるところもあるすばらしい、しっかりとした大人の女性だった。大好きなタイプの人だ。

久々に元気な岸本さんと瀧さんにも会えたので、嬉しかった。仕事をしている女性が体調をくずしたり身をけずらないでいい世の中を切に望む。長くこの仕事をしていてよかったことは、男よりもよほどきっちり仕事をしているかっこいい人たちにこうしてたまに会えることだ。

で、日本の出版界のビジネス意識の低さに驚く裏話をいくつか聞く。羽海野先生からではありません、念のため。でも、ほんと〜うにびっくりした。前、某有名漫画家の結婚式に行ったことがあり、スピーチで出版社の偉いおじさんが「金の卵を産むめんどりと結婚するっていうのはうらやましい限りです」って言っていたが、そのくらい意識が低い。バカ！　ハゲ！　おめ〜のところには一生金は行かねえよ！　と思いながら聞いていた。そのときと同じくらいびっくりした。時代が違うんだよ！　と思った。

そしてあとは、都内でどこが好き？　とか、ガールズトークに花が咲いた。でもところどころで岸本さんが低い声で、「橋ってつくところは、ブリッジという意味もあるけれど、たいていは端って言う意味で、そこから先は彼岸だったり刑場だったりしたところですよね……」とか、「あのホテルが部屋を貸してくれるのは、そこでやばいことがあったからですよね」とか、こわ〜い話を挿入するので、みなでふるえた。

3月5日

まだまだ体調がおかしく、なにも食べられない。なんだか胃が小さくなってきたような。そしてパソコンに向かうと目がかすんだり、頭がくらくらして字が読めない。一切の仕事をきっぱりとあきらめる。そしてほんとうに必要なことだけしっかりとやって、ヤマニシくんとももたさんの個展をちょっとだけ見に行く。ピンク色で、キュートで、すてきな空間だった。窓の中の人形たちが飾り窓みたいでなんともHだった。ヤマニシくんが「ドキドキしました」ってノートに書いたら、ももたさんが「どうしてドキドキするんですか～？」とセクシーに聞き、ヤマニシくんが「今もドキドキしてますよ～」と普通に答えていて、お互いのキャラが存分に出たすばらしい会話を聞いてしまった、と思ってこちらがドキドキした。

そしてヤマニシくんとまるでデートのようにF.O.Bでお茶をしていたら、となりにでっかいフレンチブルドッグを抱いたカップルがやってきて、じろじろ見たらほほえんでくれたので、さわらせてもらった。

静かで、おとなしい……なぜだ？

「いや、二年半は落ち着かなかったですよ」という希望の言葉と、「でもフレンチブルドッグには二種類いて、どっしりタイプとずっとふがふが落ち着かないタイプと……」という絶望の言葉を両方聞いた。あまり深く考えないようにしようと思う。うちのオハナちゃんがどっちかなんて、考えちゃだめだめ！　きっと二年半たてば落ち着くはずよ！

まだ本調子じゃないので、ごはんは食べに行かず、なっつとヒロチンコにチビラの外食をまかせて家で静かに寝ていることにした。途中結子に電話して、いろいろしゃべる。

結子「ねえ……まほちゃん、好きかもしれないけど、もうさ、牡蠣のことはほんとうにほんとうにあきらめたほうがいいよ」

私「それって占い？」

結子「それ以前」

昨夜、ヒロチンコに「ねえ、ヒロチンコ、私が今度目の前で牡蠣を食べそうになっていたら、止めてね」と言ったら、「まほちんさんが何かを食べようとしているのを止めるなんてこと、僕には絶対できない。他の人なら止められるけど、まほちんさんに関してはできない！」と断られた。己の敵は己だ（？）……。

3月6日

やっと少し落ち着いてきた。

抗生物質の力に感激……みるみるうちに効いてくるのがわかった。ふだん飲まないから効くっていうのもあるね。

それにしても、牡蠣にあたるって何かに似ている……と思ったら、それは「霊の憑《ひょう》依《い》」だ。いつか必ず、こういう全《すべ》てを数値で表すことができるようになるだろうと思う。

私はインチキ科学やでたらめニューエイジには全く興味がないが、身をもって体験したことが実証されるのにはほんとうに興味がある。

じっと家にいて、整理整頓《せいとん》。

チビラくんに話が通じるようになってきて、とても面白い。これはこうでこうだから、そこに触らないでね、というのも多少通じるし、何よりも、「だめ！」としかったあとでふとこちらが状況を考え直して「そうか、今君はこれをこうして、手伝ってくれようとしたんだね？　わからなかったよ、勘違いしてごめんごめん。でも今は手助けはいらないから」などと言うと、わかってもらえたので嬉しくて泣き出したりする。大人っぽくなっている。

3月7日

新しいお手伝いさんを面接する。

あまりにも予想外の人が来たので、どきどきしてしまった。えらく美人だし……緊張しちゃう。でもとりあえずやってもらってみて、だめならお断りするということにする。二年間くらいいろいろなお手伝いさんに頼っているが、わかったことは、
1、結局はじめの印象が全て。
2、でもみなさん実力はあとになるほど発揮されるもの。
ということだった。

チビラくんも照れてもじもじしていた。相性がどうであるかを見極めなくては。

少し時間があったので、ビオカフェにおじやを食べに行く。あの店の難点は若者の味で全てがあぶらっこいこと、いい点は気楽な点だ。ヒロチンコは鯖《さば》を食べていた。チビラくんは、おじやと揚げパンを食べていた。すごく勢いよく食べていた。

夜は実家に行って、おひなさまをやっと見る。嫁に行けないわけだわ……。

うちのおひなさまはでたらめでいろいろな年代のものが混じり合っているが、やはりなんだかほっとする。姉の炊《た》き込《こ》みご飯をしみじみと食べる。チビラくんは練乳をなめまくっていた。練乳のおかわりがほしいとからくり人形のように器を持って冷蔵庫の前に走っていくので、おかしかった。

猫のシロちゃんがねずみのおもちゃをかじったら、こわくなってチビラくんはおばあちゃんに抱きついた。

おばあちゃんとおじいちゃん「繊細だなあ……」（と言いながらデレデレ）

姉「そうだよ、猫ってのはねずみを取ってくるんだよ、血まみれになってね……それが野生ってものだよ」

なんだかもうどうでもよくなってきた。

3月8日

花粉がやってきた。まだ軽いが、ちょっと薬を飲んだらかげんがわからずむちゃくちゃに眠い。眠いままに、働いたり片づけたり。ミナミノさんが来てくれたので、おそうじはまかせきりだ。

立っているのもおかしいくらいにふらふらで、久しぶりのフラ。なんといっても肝臓がやられたので、足がふらつく。変な汗が出る。抗生物質の匂《にお》いの汗だ。忙しいなんてものじゃないし、これはそろそろ限界かな……しばらく休もうかなと思いつつも、あやこさんやミナちゃんや小川さんを見ると決心がにぶるし、クリ先生の踊りをそばで見れるのはあまりにも得だ！　と思い、今日もいるだけ受講生。今、リカちゃんと和田先輩が休んでいるのも大きいな……あの人たちの笑顔、百万ドルだな。それでも、今日もみんなかわいく踊っていて楽しかった。

自分は、やる気がないのではなく、他にほんとうにだいじなことがあって、全てそこに注いでいるということだ。

それにしても、クリ先生といっしょに踊っていると、いい知れない幸せがこみあげてくるのです。あの時間を金で買えと言われたら、俺は黄金を積むぜ！

まあ、全員がインストラクターになるわけでもないので「いるだけ」はありだろうと思った。全体の士気は、いるだけの人がいるくらいでは落ちそうもないし、迷惑はかからんだろうと判断……して、今期も遅刻しつつ続けてみることにした。

私の場合は人前にいやいやでも出る仕事なので、体の動かし方を知るのはとっても役立ちます。それだけでも価値あり。すごく、すごく勉強になった。

なによりも、生のサンディー先生に会えますし（これは、人生の中でも、ものすごい時期かも）！

あやこさんが「チビラくんに」って、手作りのベンツマークがついたタオルをくれた。裏は七十年代のすごくかわいい生地だった。あのセンスのよいあやこさんが人生の中でベンツマークを布に縫いつける機会はきっとこの一回だろう……。夜中にちくちくとベンツマークをタオルに縫いつけていたら、笑えてきたと言っていた。

帰りは陽子ちゃんとスタバに行って、チビラにおみやげを買った。

陽子「これ……ずっしりと重いわ」

なんでだろう？　軽いお菓子のはずなのに、と思うけれど、なんと中にこってりねっとりとしたものがはさんであった。キャラメルペーストみたいなやつだ。

重さで甘いものの内容がわかるなんて、さすが甘いもの好きだ！　と感心した。心から。

そして台湾のスタバには、タゾチャイティーラテがないかわりにウーロン茶があったのでびっくりしたことを思い出した。

チビラは夜、その重いお菓子をむしゃむしゃ食べながら、あやこさんのタオルを持ってにこにこしながら「ブーブー！」と言っていた。合ってるぞ！

3月9日

岡本敏子さんと本のための対談。

今回は小田島久恵さんに助っ人を頼んだのが大正解で、流れるようなすばらしい司会ぶりにうっとりとしてしまった。もともとファンだったが、ますます好きになり、もう自分が止められないほどだ。この勢いで男を好きになれってば！ と自分をさとしつつ。顔と声と服装が好みなんですね……。

そして、敏子さんのすごい話を生で聞く幸せ。

世間が岡本さんに押しつけた幻想なんて全然気にしてない。いつも風のように自由な人だと思う。

たまに、ほんとうにすごい切り返しがあって、ものすごい考え方で、その瞬間はもうつかまえられない。感動というよりはもはや奇跡を見ているようだった。年上のすごい人の話は宝石だ。

私はあの年齢……70とか……になって、あんなすごいことを言えるだろうか、と生き様を反省した。

そして、これまで自分はなんて手抜きだったのだろう、これからはまじめにいっぱい恋愛をしよう、と思った。子も産んだし、今からいっぱい出会いもあるだろうし、夫も楽しそうに暮らしているし。これまでにごっそりとおいてきた何かを取り戻して天寿を全うしようっと……って、めったに男の人を好きにならないので、むつかしいのはわかっているのだが。過去を振り向かずに、新しい自分を見たい。新しい自分を引き出す男の人を見てみたい。

ほんとうに、敏子さんといると、時々なにかが「わかった！」という気持ちになるのが面白くて仕方ない。

中でも、すごくまじめな話の最中に小田島さんが、

「『きみきみ、そんなに泣いたらカリカリベーコンになっちゃうぞ！』と思ったくらいでね……」

と、真顔で言い出したのと、

「どうして赤ちゃんができたら、そっちに行かなくちゃいけないのかしら？」

と敏子さんが真顔で言ったのが、最高だった。そのやりとりを聞いていて、ほんとうにぽわ〜んと幸せになった。私の幸せって……レベルが高いのか低いのかわかりゃしない。

3月10日

ジョルジョが来たので、会いに行く。

ちょっとだけスペインのパーティに顔を出す。アメナーバル監督も来た。なんだか体調が悪そうで気の毒だったが、ものすごくよさそうな人だった。映画のままのムードの持ち主だった。賞を取ると突然親切な人が増えたりして、面倒くさいんだろうなあ。

おすぎさんにご挨拶《あいさつ》して、おすぎさんと握手して、おすぎさんと写真を撮って、おすぎさんのことで頭がいっぱいになった。帰ってから見てみたら、おすぎさんが全ての写真に写っていらして、ますますおすぎさんにぞっこんに……。

そしてそのまま静かにパーティを抜けてごはんを食べに行った。ジョルジョは元気そうでよかった。ばかなことをしゃべってげらげら笑って楽しく過ごす。

3月11日

まだ本調子ではないのに、花粉が来てる……このあいだ成田に行く途中で花粉の黄色い雲を見たっけ。ああ、思い出しただけでもかゆい。

雨だが、春の優しい雨だ。

大野さんがごちそうしてくれるというので、あつかましくみんなで食べたいだけ食べる。茶沢通り沿いの、お姉さんたちの店で。サラダやトマト煮込みのチキンやカレーやスープやデザートを。チビラくんは最近きげんが悪いが、大野さんに甘えて抱きついていた。フロリダの旅を覚えているんだな……。

大野さんの最近体験したおもしろおかしい話をいっぱい聞いた。なんでいつでもあんなにおもしろおかしい話をいっぱい持っているのか？　旅が好きだから？　今からエジプトとフロリダとアムスと吉野に行くそうだ。また増えちゃう、しょっちゅう会ってまめに聞かなくちゃ、面白い話。

夕方は様々な宝飾品の部品がこわれたのを修理に出しに、原宿方面へ。メディアトールのゆきさんに、翡翠《ひすい》の裏話を聞いた。ためになった。そしてＭＨＴであまりにも少女マンガみたいなきらきらした目のブレスレットに魅入られて買ってしまった。遠くから見たら「怖い目」って感じだったのだが、目を合わせてみたら、おちゃめな目だったのだ。

帰宅したら、お手伝いさんがごはんを作ってくれていた。週一でお願いする予定。そして楽。調理にいかにエネルギーが使われるか、あらためて知った。

夜は、明本歌子さんとセッションの予約をかねて、いろいろお話しする。すてきな人だった。ほんとうに心が開かれている。1963年に28だったってことは……今、もう70近いってことでしょ？　ありえない！　最近お会いする70近い女性は、あるところで世間を吹っ切った人ばかりで、私に何かを教えてくれる。まだ言葉にできないのだが、なにかとても大切なことだ。もうすぐおそろしい変化が待っている証拠だな。もうわくわくのどきどきだ。

明本さん「おたくでいちばん大人よ、あなたの息子さんは……」

当たっています。

私「ヒロチンコ、そういえば大野さんが最近会ったマックスって言う人、チベット密教とモンゴルの仏教と道教を学んだそうだよ」

ヒロチンコ「それじゃ、マックスじゃなくてミックスだね」

っていうのも、おもしろかった。

3月12日

午後一番で恵さんのパンが届いた。スコーンと桜あんぱんをチビラとヤマニシくんといっしょに食べた。春の味でほんわかした。

森先生の庭園鉄道の本が届き、チビラくんは表紙にすりすりしていた。やめてくれ……こんな趣味をはじめないでくれ！　ときっとたいていの母や妻は思うのだった。でも庭に鉄道が走ったらいちばん大喜びするのは私だろう。やってくれ、将来。ぜひ、自分の買った土地で！

夕方、ジョルジョと待ち合わせてお茶をする。

陽子ちゃんと合流してヴィレッジ・バンガードへ行き、ジョルジョも私もいろいろなものを買う。懐《なつ》かしさのあまりについ手探りゲームまで買ってしまった……。

家でヤマニシくんと合流して、みんなでおさしみの店へ行く。そしておさしみを食べまくる。もうおえっと言うほど。

ジョルジョが買ってきた男の子の人形にチビラくんがあまりにもおびえたので、私がその人形を抱っこしてキスしたら、チビラくんもおそるおそるキスしていた。そしてイタリア人にはイタリア語で「じょるじょ、ちゃ～お」と言っていた。それでジョルジョにすりすりしたり、手を握ったりしていた。カワイイッシモ！

ヤマニシくんがイギリスへ旅立つので、握手して別れる。

ヤマニシくん「握手なんかしたらほんとうに飛行機落ちちゃう～」

なぜ、旅の無事を祈っているのに不吉がられるのだ？

ヒロチンコとふたりで手探りゲームをまじめにやって、12個ずつで引き分けた。

私「きっとロルファーとしての修行にいいよ。手の感覚が鋭敏になるし」

ヒロチンコ「そうかなあ……あ、これは虎に違いない！……うう、水牛だった！ くやしい！」

そのあいだ、子供はぐうぐう寝ていた。

そして、後でその虎を持ってきて「はんちん！」（阪神の意）と言っていた。

3月13日

夕方からなっつが来てくれて、新宿高島屋へ。

ジョルジョの最後の夜はとんかつに決めたのです。イタリア人はみなとんかつが大好きだ。なぜだか。もちろん「かつくら」の方へ行くことにする。忙しさのあまりサービスはもはや最低レベルだが、店員さんが疲れていてほんとうに死にそうなので、許す。とにかく、かつがおいしいので、いいのだ。

チビラくんは寝る寸前までベビーカーを押していた。押さないで乗るか、ベビーカーを借りなくてすむか、どちらかが望ましい。最近彼が言えるもうひとつの言葉、それは「アヴリル・ラヴィーン」だ。でも彼女はよくこわい顔でポスターになっていて、そういう場合は「あ、アヴリル・ラヴィーン」と言ったあと、こわがって抱きついてくる。区別も微妙で、金髪でストレートヘアの人はみんな「アヴリル・ラヴィーン」と言う。

ＨＭＶでどうでもいいものまで含めてＤＶＤをいっぱい買ってしまった。

映画館に行けないということは、そういうことだ。観《み》た後にどうでもいいＤＶＤと判断されたら、すみやかに売りに行くのだ。下北ばんざい。

ちなみに「スイミング・プール」だけ観たが、私の好きなビッチ顔のリュディヴィーヌ・サニエさんが、ほんもののビッチの役をやっていて、それだけでも価値があった。さらにシャーロット・ランプリングさんのイギリス女ぶりがあまりにもうまくて、自国の女性独特の動きの癖をみんなすぐに変えることができるなんて、女優さんってすごいなあと思った。

ジョルジョ「こうして毎日会っていると、もうたくさん……」
私「ええ？　そんな〜！」
ジョルジョ「違う違う、全然違う。毎日会っていると、自然で、楽しくて、もうこれがいっぱいまだ続く気がして、別れる瞬間まで全然ほんとうには信じていない。淋《さび》しさが、そのときまで信じられないし、やってこない。だからそれはほんとうに淋しい、と言いたかった」
私「よ、よかった……」
ホテルまで送っていって、涙の別れ。
ほんとうに淋しい。毎日でも会いたい。でも、次に会うのはヨーロッパだ。
やっぱりローマにアパート借りようかな……。

3月14日

明本さんのところに行く。

人生の神秘が全部生き生きとチャート上に……あらゆる流派が存在して、占星学は立派な学問だ。ジョーゼフ・キャンベルの神話学のビデオや明本さんの出た「題名のない音楽会」のビデオまで見せてもらった。たいそうよかった。七十年代のよさ、日本以外で活躍した人に対する独特の感動……私がもっとも影響を受けた文化の中を生き抜いた人だ。

だいたい明本さんがすごい。こんな七十歳がありうるなら、なんでもありうる！というくらいに若かった。お肌つるつるで、動きもすばやい。

自分のことでもいろいろ納得がいくことがあった。特に欠点に関しては、赤くなるほど当たっていた。こんなに赤くなったのははじめてかも。いちばん興味深かったのは、たとえば事故に遭いやすい星回りの時期だったたり人だったりすると、そのエネルギーを自分で逃がすことが可能だ、という点だった。事故のエネルギーを鉄に触ってワークアウトすることで発散したりすることができる。

明本さん「そうしないと外から、事故としてそのエネルギーが来ちゃうからね」

なるほど。これはほんとうに納得がいった。そして昔の人は合理的だったな、と思った。方違《かたたが》えとかもそういう論理だし、迷信では片づけられない効用がありそうだ。

明本さんの家は静かで、優しくて、オープンで、明本さんそのものだった。一見ちゃきちゃきしているしはっきりものをおっしゃるが、切なく甘く柔らかく繊細な人だった。みんなが懐かしく思うような、切なさが彼女にはあるのだった。たまにげらげら笑えるような鋭いこともおっしゃるので、ホロスコープと彼女と両方から目が離せなかった。

明本さん「だめだよ！　家に人なんか入れちゃ！　時間ないよ！　そんなことしてる。だって、書かなきゃ！」

同感です……たいていのみなさんは、個人的に会うことをほんとうにあきらめてほしいです。時間がないのです。それに、ほんとうはしたいことがある初対面の、しかも上の空の人と会って、なにが楽しいのだろう？　と私は、思います。切に。まあ、時間がなかったら断るし、親しい人はみんなわかってくれるからいいんだけれど。

明本さんは子供の音楽教室で講師をやっているというので、そこに通おうと思っていろいろ質問したら、あとでそこの学校のための歌を歌ってくれた。あまりにもすばらしい歌だったので、素直に涙が出てしまった。七十歳の美しい女性が床にぺたんと座ってすばらしい演奏で子供の歌を歌ってくれたのだ。夢みたいにすてきだった。

ごはんまでごちそうになって、すごくいいエネルギーをいただいて、帰宅した。

しかもウコンの入ったおいしいタイカレーのスープをおみやげでいただいたので、家族みんなで争って食べた。

3月15日

お昼にあまりにもでっかいスカートをはいていったら、赤ちゃん産まれるんですか？　とそば屋のお姉さんに言われたので、「いいえ、腹が出ているだけです」と答えました。

かみしもみたいなスカートだったが……しかし……そこまで？

南野さんと楽しく話したり、陽子ちゃんに取材をしたりして、猛烈に小説を書き進む。

時間ぎりぎりまで書いて、フラへ走った。

むつかしくて笑っちゃう踊りなのだが、要するに昆布やわかめやホンダワラのようないろいろな海草が次々に出てくる海草満載の内容で、今のところ美しい裏の比喩《ひゆ》とかはなくて、海とわかめの情景ばっかりだ。思わず昆布が水の中でだしが出ちゃわないのはなんでだろう～とか思いながら、ついていった。しかも「なんでだろう～」にかなり似たふりのところがあり、くくく、と思った。さらに股のじん帯がゆるんだことで速い右回りが全くできない。ただでさえ右回りが不得意なのに、ますますできない。自分でもげらげら笑ってしまった。

高齢出産おそるべし！　なんだか、じん帯のところでびよ～んってだらしなく動きがのびてしまうのだ。そういえば、カウオハマイという速い踊りも同じところで挫折したなあ、と思いつつ……小川先輩やあやこさんやミナちゃんにさんざんからんで帰る。
私「ヒロチンコはアンガールズの人に似てると思うんだよねえ」
あやこ「似てませんよ！　ヒロチンコさんはもっとかっこいいですよ～」
私「はっきり言うってことは、どっちの人に似てるかわかってるんじゃん！」
あやこ「あの、髪型がこう～（つながっている様子をあらわす）なってる人ですよね？」
私「やっぱり！」
ちんぴらのような誘導尋問だ。

3月16日

テンピュールの椅子《いす》がほしいテンピュールマニアのヒロチンコが、これまで使っていた高い椅子を安く売ってくれるというので、なっつに取りに行ってもらった。あちこちを調整するだけで自分がほんとうに取りたい姿勢がわからなくなってしまうような、あまりにも立派な椅子だった。しかもでっかくて、感動してしまった。椅子の世界の深さに。

英会話。今回は花粉で英単語が全部脳からすか〜んと抜けていて、英語をしゃべっているつもりだが日本語、ということが多かった。先生までたまにつられて日本語をしゃべってしまうほどの迫力で私はぼけていた。

「これは有効よ！」（もちろん英語で言われた）と言って見せてもらったあの有名な「ルールズ」をちらりと読む。英語版をテキストに使っているそうだ。すごい！

ちょっと見ただけでも「お互いの中間地点で待ち合わせてはだめ」「水曜以降に土曜の約束を入れない」などと私がいかに掟破《おきてやぶ》りな存在かがわかる内容だった。いつも合理的だから待ち合わせは中間地点か相手の家のそばだったし、忙しいので約束は常にたいてい直前、常に言葉は直球、メールは書きまくり！

大事なことはなにひとつ実践したことがないのに、よく結婚できたものだ。もてないはずだよ。もてない理由だけはわかったよ。でも心理学としてすごく面白いので、絶対に買おうと思う。

先生はいつもながら美人なので、必要ないんじゃ？　と思ったけれど、そういうものでもないのかもしれない。あの考えられないくらいのぴかぴか度は、信仰と、日本の常識に染まってないところからくるのだろう。

夜は子供に不適切な「SAW」を観た。不適切きわまりない内容だったので音を小さくしたり目隠ししていたら、ヒロチンコにムダだと笑われた。でも目隠ししたらやがて寝たので、これはこれでよかったのかも。

おちがわかってしまうからあれこれ書かないけれど、やはりゲーム世代の人の考えた映画だな、と思った。ひとつひとつクリアしていく考えと、感情描写が下手くそで浅いところとか。時代がどんどんこうなっていくのは仕方ないが、やはり空《むな》しいと思う。創作は一個くらいは高く飛ぶところがなくちゃ、範囲は小さくても。

3月17日

那須へ。

車の中でチビラくんのゲロをビニール袋に全部受け止めたので、楽だった。その瞬間はすごいスリルだった。時間が止まって感じられた。

ヒロチンコのパパと合流して、サンバレーへ行く。久しぶりだが、不況のせいか風《ふ》呂《ろ》も含め、全《すべ》てがずいぶんと貧乏くさくなっていた。あと、昔に比べてちょっと掃除がだめになっていた。コテージだとかなんだとかに泊まればもうちょっといい感じなのかな。

バイキングのコーナーには不思議な張り紙がいっぱい。

「パンを持ち帰らないでください」

「おみそ汁に具を入れすぎると冷えてしまいますので、少しにしてください」

つまりそういうことをする下品な人がい～っぱいいるってことで、もはや書かなくちゃいけないほどなんだろうな？　と思い、ちょっと笑えた。

でもみんなで天ぷらだとかかにだとか寿司《すし》だとかを楽しく食べた。チビラくんは好きなものばっかりちびちび食べていた。そういう子なんだな。

3月18日

人工のみずうみの取材がしたくてりんどう湖へ行く。

チビラくんがカートに夢中になり、一人で乗ってはいけない年齢なのに、どうしても自分で運転したくて発狂寸前の大騒ぎをしていた。ハンドルというのは大きく切るものだと思いこんでいるあたりが、おかしい。

ヒロチンコのパパがみずうみのほとりで突然に、

「おまえにもらったヤッケが役に立った」とヒロチンコに言い出した。それは昔ヒロチンコがアウトドアショップで買ってあげたものだった。

ヒロチンコ「なんで？」

パパ「ごみを焼いていたら燃え広がって火の海になっちまってな、もう少しでとなりの家の木に火がつくところだったよ。おまえのくれたヤッケは耐熱性だったから、あれでたたいたら火が消えたんだよ。水をかけるよりもずっとうまくいった」

ヒロチンコ「あれ、耐熱性じゃないよ……」（いや、そんな問題じゃないのでは？）

パパは相手にもせず「まあ、あとで見てくださいよ、すっかり焼け野原になってしまったですよ」

みな「はあ……」

おうちについてみると、別に庭は全然焼けてなくて木が茂っていたので、

「あれ？　どこが焼けたの？　たいしたことないじゃないですか」

と私となっつが言ったら、
パパ「ああ、違います。その向こうの野原。千葉の人の持ってる土地らしいですね。

悪いことしたなあ」

よく見たら、柵の向こうの更地が真っ黒こげ。なんと、人の土地だった！　おお犯罪！

みんなで焼きそばラーメン（だったかな）を食べて、解散。別《わか》れ際《ぎわ》はいつでも淋《さび》しい。チビラくんも「ジージ」と言ってずっとなついていたので、ひとしおだ。

その淋しさを吹き飛ばすために（?）、佐野のアウトレットに行って、必要なものやそうでないものを買いまくる。と言ってもそんなに散財したわけでなくて、主に見物。手が痛くなるまでチビラを抱いていてくれたなっつに安い時計をプレゼントしたりとか、チビラくんの服を買ったりとか、そういう感じ。ズッカの杉浦茂の絵がついたシリーズが安くなっていたので、いっぱい買った。

ふと鏡を見ると「すっぴん、目が真っ赤、マスク、あやしいダウンコート、水玉のパンツ、さらに色とりどりの水玉のリュックをしょったなんとなく泥だらけの女……手には杉浦茂の絵がどか～んとプリントされたショッピングバッグを持っている」が映っていた。

泥だらけなのは、さっき牛の乳をしぼったり、ゴールデンレトリバーをよりどりみどりでいっぱい触ったり、チワワとスピッツとシーズーとミニチュアダックスのいる柵の中に入ってもてまくったからであった。犬くささも漂っている……。あやしすぎだ。もうおばさんですらない。

家についてなっつが帰ってから三十分くらいしてから、チビラが泣きやまなくなったのでものかげに呼んで「どうしたの？　何が悲しいか言ってごらん」と言ったら、チビラは口をゆがめて「……なっちゃん」と言った。そうか、なっちゃんが帰ったのが悲しくて淋しかったのか……。

「旅行でずっといっしょにいたから、淋しくてあたりまえだよ。また来週会えるから、今日はママとお風呂に入って寝よう」

と言ったら、泣きやんでにっこりした。きゅん。

こんな、カワイイッシモな時期のお子さんを突然亡《な》くされたＹＵＫＩさんの気持ちを思うと、胸がはりさけそうで、涙が出てくる。私もきっとツアーに出ずにはいられないだろう。それで浄化していくしかないだろう。どんなに時間がかかっても。

妊娠期間がほとんど同じだったので、どうしていいかわからないほどの気持ちだ。時間があのすばらしい人を癒《いや》してくれるのをお祈りしよう。面識はないけれど、ほんとうに本気でお祈りしよう。あとのどんなことを言っても、その悲しみの前にはきれいごとになってしまう。

でもそれは、明日、私にも起こるかもしれない出来事だ。子供に悔いなく毎日接したい、という気持ちを新たにした。よその人の不幸で自分の幸せを確認するのではない。心から優しいエネルギーを送り、実際には連絡したりせず（わずらわしいだけだろう）、そして自分は気持ちをひきしめて、自分の幸せを大切にするのだ。これは大きな違いだと思う。

3月19日

あやこさんとマンガの貸し借りをする。欲張って貸したり借りたりしているので、ずっしりと重いやりとりだった。美しいあやこさんにやたらに抱きつくチビラくん……ううむ！　そしてやたらに自慢の車を見せたがるチビラくん。もう男だよ！　でもあやこさんの考えられないくらいかっこいいご主人にはかなうまい。あまりにもすてきすぎて、彼の背景はいつでも日本じゃないすてきな国みたいなんですもの……。

それでお茶をしにいって、いろいろしゃべる。

あやこさんの、いろんなことを言い過ぎないところが、とてもすばらしいなあと思う。

日本人は言い過ぎで成り立っているような時代だけれど、そうでない人がいることを尊重したいなと思う。

龍先生の新刊と森先生の分厚い本と英会話の先生にすすめられた「ルールズ」と藤谷さんの新刊を全部読まなくちゃいけないなんて、幸せな悩みで頭を抱えています。頭を抱えず、読みまくれ！　って感じだが、読みまくっていると「ママ～ん」と乗ってきたりさりげなく本をどかしたり、隠したりする人が家の中にいるので、まるで書店でこそこそ立ち読みしているような感じで読書をするのであった。

3月20日

結局藤谷くんの「恋するたなだ君」をみっちりと読んでしまう。近々小学館から出るでしょう。

とってもいい小説だった。パラレルワールドを描いているのだが、そこがいやな場所なのに奇妙に明るく「住めるかも」と思った。考えてみたら、前回の沖縄もそうだったではないか。彼の沖縄だ。人間が生き生きしている様子というのは、簡単に描けそうでなかなかできないことで、彼の小説はいつでもひとりひとりがその人らしく生きているので、活気がある。こういうのを真の「活気」って言うんだな、と思うのだ。活気がある人たちが幸福についてきちんと考えているので、小さな、しかし普遍的な幸福が香り立ってくるのだ。

そして猛然と龍先生の新刊に挑むが、はじめに「よしもとばななさまへ　LOVE」と書いてあったので、ぽうっとなってしまい、そして次々に幻冬舎の人たちがホームレスとしてさっそうと（？）出てくるので、特にイシハラさんなんてイシハラさんのままなので、動揺しているうちに晩ご飯の時間になった。どきどき。

外食しようと思ってわくわくとしていたのだが、雨戸を閉めていたら、外がものすご～く寒いことを知って挫折した。家で小さく小さくなりながら、あさりのスープパスタを食べた。

3月21日

明本家で過ごす午後も二回目。

ほんとうにすてきな女性……。人に見せてあげたいものがあると、さっと取ってきてにこにこ見せてくれる……三十も年上だということを、すぐ忘れてしまう。懐《なつ》かしい人だ。昔の日記とか、ほんとうによかった。色がついた絵、切実な言葉、愛の様々な実験……ああ、昔は確かにこういうふうに時間が流れていたよ、と切なく思い出した。

家の中の、もう大木になったハイビスカスに咲いてほしくて、造花を買ってきて花を見せてあげたり、キスしたりしていたら本当に咲いたそうだ。ハイビスカスがいちばん平和な波動を出しているんだ、って言っていた。しゃべる言葉が音楽であり、詩である人だ。

3月22日

さて、チビも二歳になったし、四月からは猛然と創作をはじめよう……ということと、ちょっと不自由なことができてきたのと、このままではマンネリ化しそうなので日記の書き方を微妙に変えていくことにした。具体的には「1、固有名詞が減る」「2、短くなる」という感じです。質問コーナーも、忙しいのでたまにしか答えられない感じになってきます。

とにかく小説をいちばんに書こうという気持ちなので、ご理解ください。

今日はフラ……。

目の前のオガワさんだけを見つめて（それ以上遠くを見る余裕がない）がんばったが、自分が踊りの形にならないので、笑った。決して速い動きができない女……。

帰りに家族が迎えに来たので、となりの韓国料理屋に行った。韓国料理って、すばらしい。同じ料理でもその家によって少しずつ違う味で、その違いが店の味の違いでもある。当然のことだけれど、自分の家の味に対する自信が日本とちょっと違う気がする。

イタリアにいるヒロココが「冬ソナで、チュンサンの看病で飲まず食わずで泊まり込むユジンさんにサンヒョクが持ってきた弁当が何だったかすごく気になる」と書いてきたが、あのドラマを観《み》てそこが一番気になる君こそが、気になると言いたい。

3月23日

ここぺりに行く。関姉妹の笑顔はすっとしていていつもきれいだ。生き方を自分で選んでいる人のお顔です。

マッサージの力で冷え冷えの首が急にぽわんと温かくなるのを実感した。そして小顔になったのでびっくりした！　すごい！　あごがとんがった！

ななめにした畳のすべり台をすべり降りては四人の女たちにぱちぱちと拍手されるチビ。うらやましい。昨日も隣に座っているミナちゃんの膝《ひざ》に手を置きながら、片手でドリンクを飲んでいたが、毎日が政治家（あくまで、私の想像上の）のようだな……。

ハルタさんの人生のルールズを聞いたが「飲み会で五回以上会っても『A型？』と聞く人とは結局むり」とか「電車で向かいに座る東京出身じゃない流行の服装の若者は意外に優しい」など、あまり他の人に適用できそうにないものばかりだった。だって「その子らがどうして東京出身じゃないってわかったの？」と聞いたら「中央線に乗ってる人で東京出身の人なんていない」という、すでにハルタルールに彩《いろど》られた神秘的な答えが返ってきたのですから……。

3月24日

朝起きたら、顔が痛いし熱が出て、アンパンマンのようになっていた。

あわてて病院に行く。「なんでこんなになるまで放っておいた？」と言われたので

「急になったんです！」と言い返してみた。いい先生だったので「そうかそうか」となだめてくれた。ものもらいが上にも下にもできていて、さらに菌があちこちに入って炎症を起こしたらしい。こうなると美とかおしゃれとかもうどうでもいい……マスク、サングラス、眼帯、すっぴん、眉毛《まゆげ》なし……。これで外を歩けたら、今後こわいものはなし。自分をよく見せようなんていうケチな（？）心は消えてしまいます！

実家に行って竹の子ご飯を食べる。チビラくんは「れんにゅう、おばちゃん、はい！」という三語をくりかえし言いながら、器を捧《ささ》げ持っていっておかわりをねだる……という新しい技を使っていた。そして、スプーンについた練乳をおじいちゃんに「はい！」となめさせてあげて「そんな大事なものをわけてあげるとは！　この世にこんな優しい子はいない」という、世界でこの家にしかありえない結論を導き出していた。

3月25日

顔が、色も変わっていてまるで殴られた人のようなので、撮影断念。インタビューのみ受ける。最前線はどこもたいへんだな、という印象。久々に会った太田さんが大事なツボで必ず笑うので、懐かしかった。結婚式に出てもらった仲ですもの。いっしょに豚まん食べながら、奈良から帰ってきたっけ。

ハルタさんが朝ゴミ捨てに行って、捨ててあった大人のおもちゃに間違って生で触ってしまった、気持ち悪い、なぜ包んでおかないのだ、と怒っていたという話を聞いた。

加藤さん「やはり春だからいろいろなことを卒業するんでしょうか」

すばらしい、完璧《かんぺき》なコメントだ……。

その後も事務所では「そんなものはシリコン製なので燃えるゴミの日に出してはいけないんでは？」という会話が展開したらしいけれど、なんだか、みんな、大人の女だわ！

3月26日

ヤマニシくんにロンドンの話をいろいろ聞いた。

昨日も話題になったけれど、どうして東京って楽しく歩いてる人が少ないんだろう？　ロンドンは、普通に人が感じいいので、歩いているだけで楽しかった、と言っていた。

でも、さっき散歩してたら近所の喫茶店のお姉さんが「おばあさんにお茶を渡すので、待っているのだけれど、一時間も来ないの」とお茶の包みを一個持って立っていたけれど、全然いらいらしてないし、にこにこしていた。いいなと思った。

そして彼は「これは絶対ばななさんに！ と思った、見たとたんに」と言って、棺《かん》桶《おけ》の中にぐるぐる巻きのミイラの形のホワイトチョコがぎっしりつまっているのをくれた。

なんでわかるのだろう……。

ヒロチンコ「これを見たら、マホチンさんのことを思わずにいられないね！」

別にいいんだけど、なんかね。

寒いし、遅くなったので、晩ご飯はうちにしようということになり、エビなどゆでていたらとても大きな幸せを感じた。愛する人びととごはんを食べる幸せだ。これが女の幸せか（違うと思う）？

3月27日

昨日のミイラがハートをノックアウトしたからではなく……。

山西ゲンイチさんの新作「ちえこショー」小学館刊は、すばらしかった。身びいきな感じなのでほめ言葉はあまり書かないようにしようと思ったのだが、それを押しのけるような天才ぶりで、ああ、この人と仕事ができて光栄だったと思った。まず、考え方がすばらしい。ひとつの大切な哲学が静かに絵からにじみでてくるのだ。

ちえこさんは一般的に見て、おもしろおかしいだけのキャラクターでもないし、ただかわいいだけでもないのに、ひきつけられる。

ここでしみじみと感じることは、ひとことで言うと「人は、その人のしたいように生きる権利がある」みたいなことなのだけれど、そのことにまつわる淋《さび》しさまできっちりと感じられる。こういうものを見ることだけが、人の孤独な魂をあたためるのだと思う。

3月28日

網タイツをはいたら、お腹《なか》がスイカのようだったので、チビラくんに見せたら「ママ、ぽんぽん、あった〜！」と言われた。なんとなく腹立たしい。

そしてスイカスイカと言われたので、髙島屋のエレベーターの中で「網に入ったスイカが食べたいな〜」と言ったら、人がたくさん乗っていたのにヒロチンコが何も答えてくれないので、独り言を言ってるあやしい人にそっくりになってしまった。「ひどい！」と降りてから抗議したら、「恥ずかしくてとても答えられなかったよ」と言われたので、納得した。

高い高いチョコレートをこっそりと買ってこっそりと食べようとしたら、チビラが執拗《しつよう》に「ママ、チョコ、あった〜！」と言い続けるので、あきらめて半分ずつ食べた。だんだん赤ん坊から子供になってきている気がする。

3月29日

顔が腫《は》れているしくしゃみが止まらないので、マスクのままでフラを踊っていたら、鏡にはこの上なくあやしい存在が映っていた。そして酸素が足りないせいか、だんだんすごく楽しくなってきて、かなりまずかった。クリ先生だけを（少し余裕が出て、オガワさんより遠くを見れるようになった）見ながら踊っているのでまるで自分もうまく踊れているかのような錯覚があるが、家に帰って鏡の前で踊ると、それが錯覚であったことがはっきりとわかる……グーのところでパーをしてたりとか。それにしても三年も続けていると、さすがにある程度の蓄積があってほんとうにすばらしいことだと思う。

レイ先生の家のチビが来ていて「俺のチンチンを見たな！」とか言ってた。昔だったら「男の子って乱暴！」と思ったかもしれないが、今はただかわいいと思う。こういうのを成長というのだろうと思う。

3月30日

やっと暖かくなってきた。少し希望がわいてきた。寒いのがほんとうに嫌いなのだ。いつか暖かくて海があるところに移住しよう。小鳥がたくさんやってきて、庭木には新芽がいっぱい出てきた。

久しぶりに河合隼雄《はやお》先生にお会いする。数年前に京都でお会いしたときよりも、お元気そうだった。この時代の中であのような役職にありながら、数年前よりも元気！ということは、ものすごいことだと思った。さすがだなあ。私も昔は気負って、言葉で成長を示そうとしたと思うのだが、今はただ生きているということで示したいと思うので、多少は大人になったのだろう。

3月31日

うどんとブラジル料理の店でうどんを待っていたら、ひ弱そうな若者が「あの～、このへんの地図作ってるものなんですけれど、ここは、業種としてはいったい……どういった……」と言った。店のおじさんは苦笑いして「……うどん屋！」と言った。

あんな感じで地図に載せる許可を取ったつもりなのだろうか？　そしてその地図の使用目的は知らせないでいいと思っているのだろうか？　住宅地図用なのか、ガイドブック用なのか、大学の課題なのか、はっきりしなさい！　と思ってしまった。ぬるい、ぬるすぎる～。おじさんと私は上記のことを全く同じように同時に（多分）思い、意味もなくほほえみあったのだった。

でも、青じそぺペロンチーノは考えられないくらいににんにくが効いていて、辛いのだがものすごくおいしくて、讃岐《さぬき》うどんとの相性も絶妙！

ただ、帰りのタクシーの運転手さんが黙って窓を開けるくらいににんにく女になったのだけが、切なかった。

ったなぁ、とやっとこさっとこ分かって、戒めと感謝と勇気で胸がぐっとなりました。ありがとうございました。

『王国』の続きを、めっちゃ楽しみにしてます！

季節の変わり目、どうかご自愛ください。

(2005.03.19－にしかわけいこ)


あの女の子は彼が大切にしているマムアンちゃんというキャラクターで、私もとても好きになり、ウィスットさんは友達の友達だったので、彼自身とも親しくなりました。それでなんとなくやりとりしていて、あの絵に決まったのです。

汚れているように見えるが水にうつっている顔はきれいというのはある意味内容のメタファーではないかと思います。

(2005.03.21－よしもとばなな)


ばななさん、こんにちは。

いつも、これからもずっとばななさんの書かれる小説や文章を楽しみにしています。

単刀直入に質問させていただきます。ばななさんは恋愛を楽しむ秘訣ってなんだと思われますか？

(2005.03.21－mikan)


他にやることがいっぱいあること、これにつきますね。

時間がないと楽しいものだから???

いや、すばらしいことが恋愛以外にいっぱいあるから余裕があってただ楽しい？　など自分でもよくわからないけれど、精神的にも肉体的にもとにかくひまなときの恋愛って悲惨な気がする。

(2005.03.24－よしもとばなな)

自分の判断と生き方に自信があれば、おのずとわかりますよね。人に頼ろうという動機でなく、純粋にこの世の謎を解きたいと思っている人かどうかは、会えばすぐにわかりますし。

占いは科学の一種だと思っています。統計学と直感と膨大なデーターの収集能力をみんな足したようなものというか。あと、オカルトに関してはピンキリなので、取捨選択して実用的な情報を実践、違和感があれば無視……そういう感じです。見えない世界はないとは思いませんが、あると考えすぎても実用的じゃないな、と思います。生きるのに有効であれば実用的ということなので、ご家族にとってももし有効ならば、しかたないのではないでしょうか。お布施を要求するようならだめ、とか具体的なガイドラインは存在する気がします。

(2005.03.20－よしもとばなな)


こんにちは。『なんくるない』すごくいい本でした。

このウィスット・ポンニミットさんの描かれたとてもかわいい装画について、質問です。本編とはあまり関係が無いモチーフですが、執筆と絵の制作は、どんなふうにリンクして行われたのでしょうか？

私は、表紙を見た時に抱いたイメージと小説の読後感が、スパンっとつながって、ある過去の出来事を身体の奥からクリアに理解でき、すごくありがたかったのです。そういう事は音楽以外では初めてだったので、不思議な気がします。よかったら、教えてください。

具体的には、祖父母の家で飼っていた柴犬とその赤ちゃん犬と私との三人……の交流についてなのですが、犬達がしてくれた事が、どれだけプラスになっていたか！

もともとの気質や環境のわりには自分が大丈夫な理由の１つだ

すから。

収入と家事労働の時間と手伝う人への支出のバランスを見て、適切であれば、これがベストだろうという判断です。

まあ、人生にはいろいろな時期があるので、そのうち静かに暮らせる日も来るでしょう。そして、このあわただしさを懐かしく思うのでしょう。とりあえず、仕事をして家族を養うのが第一主題である今は「この家はホテルの部屋」という感じでわりきっています。そのへんは相手もプロですしね！

(2005.03.19－よしもとばなな)


ばななさん、はじめまして！

10年前に「白河夜船」を読んでから今まで、ずーっとばななさんの大ファンです！（最近では「なんくるない」と「海のふた」が一番すきです）

３／６の日記に、「インチキ科学やでたらめニューエイジには全く興味がない」とありましたが、ばななさんの世界には占いやオカルトなど、そういう目に見えない世界がたくさんでてきますよね？　信頼している占い師さんも何人かいらっしゃるようですし。実際、インチキかそうでないかは、どうやって見極めているんですか？　やっぱり匂いや勘でしょうか？

というのも、最近家族がとある新興宗教に入っていることが発覚しました。その関係で宗教や精神関係の本を色々読みすぎて、何が正しいのかよくわからなくなってしまいました。「目に見えない世界」を信じたい気持ちはすごくあるんですが（だからばななさんの作品が好きなんですね）、最近は同時に防衛心理も働いて「騙されてはいけない」と思ったり。長くなってすみません。ばななさんの判断基準みたいなのがあったら、教えてください。

(2005.03.18－うりこ)

しいことですよね！

うちには奈良家から直接やってきた貯金箱とすごくうるさい時計があります。時計は45分くらいのとき（だったかな）うさぎの絵になるのですが、うちのチビがそれを指差して「ミッフィー！」ということを、奈良くんには内緒にしています。

(2005.03.13－よしもとばなな)


ばななさん、こんにちは。春っぽい空気がする時季になりましたね。

久しぶりにこのサイトを見ています。引っ越しでしばらくネットから離れていて、そしてなんとばななさんと同じPowerBookで見ているのですが、とってもかわいくてきれいで、いつもふつーのPCで見ているのと雰囲気が違ってウキウキです。

さて、質問です。ばななさんはお手伝いさんに来てもらっているのがわかりましたが、普段一緒に生活を共にしている人以外に、私的な空間を見られたりするのは気になりませんか？　お手伝いさんの仕事範囲がどれくらいかわからないのですが。

今現在住んでいるところは、週1回お掃除の方が来てくれるのですが、なんだか落ち着きません。

それでは、PowerBookでうれしい執筆を！

(2005.03.18－まりっぺ)


必要にせまられ「いやだなあ」なんて言っていられなくなってしまったということでしょうね……。

それに日本ではまだ少ないけど、外国に行くと「家にお手伝いさんがいて当然」「女が働いている家の家事はよその人が手伝う」というシステムが普通に存在していたり、日本ほど家の中を見られることにナーバスにならない……というのに私もずいぶん影響をうけていますね。もう精神的には日本人ではないでお金が少なくても自分の暮らし方の中にうまく生かせれば、なんでもないことなのです。そこをもっと具体的に考えようよ、という意味です。

よく知らないのですが、ホリエモンだって、普通の若い実業家なんではないでしょうかね？

妊娠、出産に関しても無駄金を使わせようとする業界がたくさんあり、ふるえましたね、私は。そしてどんなグッズよりも本よりも、優れたインファントマッサージや桶谷式マッサージに行くお金が一番意味があったりしました。自分のニーズを自分で見極めることができれば、絶対に大丈夫です。妊娠、出産は人生のほんの一時期ですから。これまで働いてきたから、また普通に働ける日も来るでしょうし。お金は、人に使わさせられるものではなく、自分が使うものです。

そして、よい出産を！　よいチビに会えますように！

(2005.03.08－よしもとばなな)


はじめまして。ばななさん。

今日、米子市美術館で奈良美智展に行ってきました。

「こんな田舎での美術展だしな～。」とあまり期待もせずに行ったのですが、予想を遥かに上回る感動を与えられました。風雪の中、9ヶ月の身重ながらも負けずに行った甲斐があり幸せになりました。

奈良さんの描かれた犬のぬいぐるみが販売されてて、買おうかどうかすごく迷いました。ばななさんは、奈良さんのグッズは何か持っておられますか？

(2005.03.12－あずみ)


そうでしょうとも……。

今の時代に生きている人の作品に今触れるというのは、すばら生きている」という段階です。今を耐えられれば、犬も人も大丈夫になります。

(2005.03.05－よしもとばなな)


ばななさん、こんにちは。私は25歳妊婦（妊娠６ヶ月）です。

ばななさんの本は中学生の頃から、新刊が出る度にわくわくしながら読んでいます。

つい最近おなかの子が男の子だとわかり、超音波で立派なちんこが見えた時にはおなかにちんこが入ってるなんて！　と本当に不思議な気分になりました。

最近ばななさんの『お金は神様じゃない』発言についてよく考えています。私は妊娠してから体だけでなく、精神的にしんどくなって仕事を辞めてしまいました。

最近テレビを賑わせているニュースの主役（堤さんや堀江さんなど）を見ていると、確かにお金は神様ではないなと思います。

だけど今は育児のための貯金も十分に出来ないまま退職した自分を不安に思うこともたくさんあって、子供には『お金は神様じゃないよ』と教えてあげられるお母さんになりたいのに、今のお金の不安でいっぱいの自分は……と虚しくなります。

ばななさんは昔からこの考えを持たれていたのでしょうか？

それとも自分や世間のいろいろを見ていく中でこの考えを身に付けていった感じなのですか？

それでは、これからもばななさんの作品を楽しみにしています。

(2005.03.06－まみ)


私の言っている「お金は神様じゃない」は、「お金は必要ない」とか「よくない」とは全く違うのです。つまり「効率よく稼いで、合理的に、必要なことに使おうよ」ということです。お金をいっぱい持っていても、使いかたを知らないと意味がないし、つも一緒にいました。でも。ぽんたが優しい飼い主さんに引き取られてうちではたろうを引き取ったのですが、医療ミスでぽんたが危篤になってしまったのです。そうしたら、ある日たろうが脱走してしまったのです。ぽんたの飼い主から「たろうちゃんが来てるよ」と連絡があったのです。たろうが大好きなぽんたの危篤を知ってか脱走してまで一回しか行った事のないぽんたのお家まで行ったのです。ばななさんは犬にはこういう事が分かると思いますか？

ごめんなさい、書いていても涙が出てきます。たろうはぽんたの分まで一生懸命いきています。私が生まれた時からいたちびちゃんが老いて乳がんになってしまって、その時もちびちゃんのただれた癌を一生懸命舐めてあげていました。

ばななさん、ごめんなさい。どうしても犬の事だと一生懸命になってしまうのです。あたしの小さな心の支えは犬だったのです。

(2005.03.02－みう)


全然質問じゃない感じなのだけれど、お気持ちよくわかります。犬は人とは違う価値観と身体能力の中に生きているので、人間からみたら不可能なことでも普通にやります。それはしょっちゅう感じています。原則は「飼い主だけのために生きている」ということです。犬を捨てるということがどういうことか、それを本当に知ったらおそろしくてできないでしょう……。

私も犬を支えに生きてきましたし、今もそうです。支えにしてきたことで得たすばらしい日々と同じだけの悲しみを、もう私たちははじめに契約しているのです。全てを素直に受け止めるしかないと思います。愛することができたなら、必ず同じ分量悲しむことができます。そして立ち直ることもできます。

いちばんつらいのは死んだあとよりも、「もうすぐ死ぬがまだに拾って今までずっと一緒だったので、どうこのことに対面してよいかわからずにいます。今まで生きてきて一番つらいです。

ばななさんは、ラブ子ちゃんが亡くなった後、夢でラブ子ちゃんに会えたりしますか？

どうやってむきあえたか、よろしかったら助言をいただきたいです。お願いします。

(2005.03.02－岩五郎の家族)


私もこわかったですよ……毎日。でも、あたりまえのことなのですが、死の瞬間までは生きているのです。生きていて、そこにいるのです。それで、すごく肉体的に苦しそうなので、ずっといっしょにいると「もう行っていいよ」と言いたくなるときが必ず来ます。犬はがんばりますからね〜……飼い主のために。

そういう自分を全部見て、楽になろうとしないことです。一年間たてば、必ず楽になります。その一年間を真摯に苦しみ、立ち直ることがいちばんの供養です。

私は江原さんと対談して「よしもとさんの横にゴールデンレトリバーがいるよ」って言われたとき、すごく楽になりました。

彼はインチキではないので、犬の特徴とか生活の細かいことをみんな言っていました。

きっと死んでもつらくはないんだろう、と思うと、気が楽になることってありますね。

(2005.03.05－よしもとばなな)


こんにちは。ばななさんの本を10年以上読んで救われているものです。本当にありがとう、ありがとう。

今実家にいる犬たろうが18歳でもう、足腰も弱くおしっこもうんちも垂れ流しです。たろうは野良犬でぽんたという野良犬と仲が良かったのですが、いつも二匹は（雄同士）仲が良く、い

でとてもうれしいんです。

お聞きしたいのは、現実患者様に我慢を強いることや、嫌な方法をお薦めせざるを得ない状況が今後も出てくると思うのですが、私たちの気持ちはどのようにしたら患者様に届くことができるのでしょうか。

また、どうしたらそのような諦めや我慢を小さいうちにそっと取り除くことができるのでしょうか。

人と人とのふれあいや関係なので真心をこめれば伝わると信じたいのですが、本当に伝わったかどうか・それはただの諦めなのかわからなくなって来てしまいました。

今後の看護に生かすべく、率直なお気持ちとご意見を聞かせていただければと思います。

長々とすみませんでした。よろしくお願い申し上げます。

(2005.03.01－泰子)


さっきも書いたけれど、悪いのはシステムであり、個人の努力ではどうしようもないことだと思います。

でも、納得いかないことを見聞きしたら徹底的に改善をめざす、それが個人としての患者、看護師、医師それぞれの責任でもありますよね。

自分のエネルギーを温存しつつ、効率よく現場を改善できる方法を理性的に考えること……大きなシステムの前の無力感には私もいつも悩みますが、それが個人にできる全てだと思います。

(2005.03.04－よしもとばなな)


はじめまして。何年か前から日課のようにばななさんの日記を読ませていただいています。

今うちの16歳半の岩五郎という犬が死に向かっています。苦しそうでみていられない時もあります。私は小学校１年生のときたら自分たちが死ぬ」と言われるでしょうし、それはほんとうのことなのだと感じます。

でも、患者第一でないのなら、入院などしたくない、そう思ってしまうのも病人と家族のほんとうの気持ちだと思います。

それを改善する社会をつくっていかなくてはいけないのですね。私たちは。

お悔やみを申し上げます。

(2005.03.04－よしもとばなな)


こんばんは、初めてメールさせていただきます。

ばななさんの小説やエッセイが大好きでいつも大切なものをもらっております。

この場にメールされている方を見ると皆さん人生を深く洞察なさっていて、すごいな私はばななさんの心を動かす質問はできないな、とあきらめていました。

しかしながら今回日記の中で、お父様が経験されていた病院での生活のことで、「患者第一ではない、ということなんですよ」という言葉に触発されて勇気を絞って、またつたなさを恥じながらも質問させていただきたいと思ったのです。

私は看護師をしております。そしてお父様の言葉の意味や、そのあとにばななさんの言っておられた「自分は取るに足りない大勢の中のひとりで、権利がなく、わがままならまだいなしてもらえるが、普通の意味での意見を言うことはありえない」ということが身にしみてわかるのです。患者様のことを中心にと思いながら、そうできない自分・システム不備や看護力不足を理由にしてしまう自分。しかしまた患者様のそばに始終ついてお世話するのは実際難しいのです。

ごめんなさい、責めている訳ではないんです。患者様のお気持ちがわからずに悩んでいた私に、患者様の本当の声が届いたのりながら「そうそう！　そうなんだよ！」とひとりで膝をたたきました。

義父は末期の悪性リンパ腫であれよあれよというまに進行し、亡くなったのですが、運良く素晴らしい病院に入院できました。しかしそれでも、なんともいえずつらいことがありました。たとえば、背中にじょくそうができているのに最初の病棟では何も治療されず、いよいよ危ないからということで移された病棟で「引き継ぎうけてないよねー」とひそひそ言われながら治療されたりしました。あと、もう明日をもしれぬ命なのに、リハビリ担当の方から「来週からリハビリがんばりましょうね～」と言われたりとか。

義父自身ももちろん私たち家族も、その病院とスタッフの皆様には心から感謝しております。でも、「患者第一ではない」というのは、ほんとうにそう思いました。義父は商売をやっていて、お客様第一にとつとめてきました。そしてそれが当たり前だと、皆思って、父なきあと必死でがんばっています。病院の仕事が大変なのはよくわかりますが、どうして患者第一にできないのか、またどうしたらできるようになると思われますか？

長文ほんとうにすみません。どうぞお許しください。

ばななさんとご家族・ご友人・スタッフの皆様のご健康とお幸せを心からお祈りしております。

(2005.03.01－ブラン)


政府がもっと福祉にお金を出すか、税金がもっと福祉に使われるか……デンマークなんか、そこだけはすごくうまくいっているようですね。税金が高いらしいけれど……。でもあの人たちの「教育と福祉はただであたりまえだ、我が国のそれを誇りに思う」というときの顔を一生忘れられません。

たぶん病院の、現場の人たちに聞いたら「これ以上のことをし

げかける素晴らしい作品をお書きになられることを、いち読者として心より願っております。

健康に執筆を続けられますよう、くれぐれもご自愛下さい。

(2005.02.25－豆子の母)


私も産前それで悩みましたからね～、お気持ちわかりますよ！猫の性格にもよるので、いちがいにはなんとも言えないですからね。あと赤ちゃんのタイプにも。

もちろんいたずらしましたけれど、はじめの一ヶ月は私も歩けなかったので、ドアが閉まる部屋で赤ちゃんとふたりで寝ました。そうすると猫は夫がいっしょに寝ているので文句ないわけですね。川の字（うちはベビーベッドで寝かせなかった……母乳で、いちいち起きるのがめんどうだったので）になってからは、結局全員いっしょに寝ました。毎日きちんと自分の目で見て、そのときどきの様子を見るというのがいちばん有効です。臨機応変にいくしかないと思います。リスクは常に消えないのです。そのかわり、あとになって猫を全然こわがらず過ごしている子供を見ると「教育上ほんとうにいいことだ」と思えますよ。

(2005.03.02－よしもとばなな)

ばななさん、こんにちは。
いつもご著書とこちらのサイトを楽しみに読ませていただいております。ばななさんの言葉は、私にとっていつも心の唐揚げです！（私はこの世でとりの唐揚げが一番好きです）
２月７日に義父が入院し、私は８日に子連れで帰省したのですが、16日に急逝したため、慌ただしく、やっと今日、息子が眠ったすきに（１歳です）サイトを開いて日記を読ませていただいたところ、病院についての記述があったので、泣きそうにな

とにかく中途半端がいちばんいけないな、と思うのです。

それから、恋人だと思うといちばん簡単だと思うのですが、24時間いっしょにいて世話するのが愛かというと、絶対に気詰まりですよね。子供に対してはもちろん養育の義務がありますが、それを基本的に果たしていれば、そして関心と愛情があれば、必ずクリアできると思います。

(2005.03.01－よしもとばなな)


ばななさん、はじめまして。

昨年は動くばななさんを見られる機会が多くてうれしかったのですが、ヒロチンコさんとご一緒の『今夜は恋人気分』だけ、再放送まで見逃してしまいました。また再放送されることを願ってやみません！

私はただいま臨月腹を抱え、出産秒読みの妊婦なのですが、ばななさんに質問があります。うちには２匹の猫がいるのですが、一月実家に里帰りし帰ってきた後、特に夜寝る時に彼らをどうしたら良いか迷っているのです。

確かばななさんは寝室を閉めて中に入れなかったと書かれていたように記憶しているのですが、腹を立てて夜中ドアを引っかくとか、腹いせにおしっこをして歩くとか、そんなことはありませんでしたか？　そのあたりの具体的な話が、本やらネットやら色々と探したのですがほとんどないので、アドバイスいただけたらとメールしました。

私自身は、やはり夜中気が付かないうちに赤ん坊のベッドに猫が入り込んだり乗っかったりするのが怖いので、かわいそうですがドアを閉めて立ち入り禁止にするしかないかな、と思っているのですが。

ばななさんの作品の中に、いつもばななさんの祈りを感じています。これからもちょっとおかしくなりかけた世の中に光を投

型が取り急ぎ幸福、という考えにはあまり賛成しないです。

(2005.02.28－よしもとばなな)


こんばんは。ばななさん。

ばななさんの表紙の婦人公論を買いました。婦人公論を買ったのは多分生まれて初めてぐらいです。表紙って大切なんですね。ばななさんのインリンぶりも拝見しました。ピンクのリップがつやつやしてて成る程と思いましたが元気な黒髪はばななさん自身のものですね。羨ましい（授乳生活１年８ヶ月で白髪が増えました)。

ところで、４月から仕事復帰で息子を保育園に預け始めました。預けるまでは自分のゆっくりした時間がほしかったので待ち焦がれていたのですが、その逆にさびしくてたまらなくなりました。預けるまでわからなかったのです。今は慣らし保育で仕事をしていないので、こんなことならこの寂しさを忘れるべく仕事に打ち込もうと本末転倒な結論に達しました。

だからといって預けずに、仕事をしないでチビと一緒にいるという選択は思い浮かばないのです。主人の給料だけで十分過ぎるほど生活していけますがやっぱり仕事をしたい、している自分を選択してしまうと思います。

ばななさんもずっとお仕事をされていますが、ごめん、チビラ君、こんな母さんを許してと思うことありますか？　罪悪感はよくないみたいなことを以前書かれていたように思いますが、世間一般ではないばななさん自身の働く母の指針というものはありますか？

(2005.02.24－美佳りん)


私は自分の自分勝手でしょうがないところ、しかし輝いているところを子供に見せていたいです。

ばななさんこんにちは。本も日記も楽しく拝見させていただいています。

中学生の時に「TUGUMI」をお父さんに買ってもらって以来ずっと読ませていただいています。心が不安定な時に読むと不思議と心がしっかりして何度も助けられてきました。ありがとうございます。ただいま妊娠8ヶ月で今後の子育てノウハウについてもいろいろ勉強させていただいてます。これまた、ありがとうございます。

質問ですが、こちらでも何度か取り上げられている占いに関してです。最近細木数子さんがでるＴＶが増えいろいろなことをおっしゃっていますが（特に女性の生き方について）ばななさんはそれについてどのような感想をお持ちですか？

私としては、おっしゃっていることは「うーん、なるほど。確かにそうかもな」と思うことも結構あるのですが、あまりにもひとつの考え方に当てはめがち（たとえば、女性の幸せは結婚して家庭を守ることなど）なのはどうなのかしら？　と思うのと、そもそもあれって占いなのかな……？　というのが感想です。いろいろな占いを受けてこられているばななさんの意見を聞かせていただけるとうれしいです。

これからも、陰ながら応援しております！

(2005.02.23－ばななんば)


よい出産を！

聞いていて一理あるな、とは思います。

たとえば私はその定型をはずれることを自ら選択したのですが、やはりそのぶん大量のエネルギーを必要とするので、あんまり人には勧められないんですよね！

ただ、私は個人にはその人だけの幸福観があると思うので、定

(2005.02.17－あきんちゃん)


自分は全然変わらないというかますます厳密というか「人生はすばらしくもないし、すばらしくなくもない、ただ人生である」というふうなのですが、否定的な側面を発言すると類友で陰気な人が集まってきて気分が悪かったので、良くも悪くもないなら気分のいい人のほうがいいや、と発言をひかえたという感じですね。あと創作とかエッセイは全体のバランスが大切なので、その時々に必要なことを強調したりはします。

(2005.02.20－よしもとばなな)


こんにちは。

私は現在高校一年生です。わたしが初めてばななさんの作品に出会ったのは中学一年生のときです。「キッチン」を読み、何度も何度も読んでは涙を流し、みかげちゃんを始め、明るく繊細な人物たちに惹かれていく自分がいました。

ばななさんに質問です。ばななさんはさくらももこさんとお友達だと、ももこさんの本で知りました。どのような形でお知り合いになられたのですか？

これからもばななさんの作品をたくさん読んでいきたいです。

どうかお体に気を付けて下さい。

(2005.02.22－まりな)


普通ですよ、十五年ほどまえに対談で知り合いました。歳も近いし、話も合うし、お互いに子供もいるので、今でもたまに会ったりしゃべったりしています。

ほんとうにシャープで、型破りで、大胆で、繊細で、すばらしい人です。

(2005.02.27－よしもとばなな)

ほんとうに不倫（入籍した奥さんがいる男の人との恋愛ということですが）に興味がないので、想像と取材で描いていますが、人間同士なのでそのつらく切ない気持ちはわからなくないので、そんなに大変ではないのです。

(2005.02.20－よしもとばなな)


こんにちは。いつも楽しく拝見しています。ばななさん大好きです。

さてさて、質問はばななさんの創作ではなく、エッセイや対談集などについてから伺えるばななさんの考え方についてです。

初期の頃のばななさんは、通じて「私は人生というものに否定的である。」と仰っていて、一貫とした小説のテーマである「どんな時も、人生意外と捨てたもんじゃないよ。」という救いのある人生観？　と、ご本人の厳しい人生の感じのギャップが印象的だったのですが、ある時から、毒舌や世の中に対する厳しい洞察は変わらないにしても、ばななさん自身の人生の否定感というか、そういうものが一切の発言から見られなくなったように感じています。

それは、実際にご本人の考え方が変わるような何か決定的な出来事があったのでしょうか。それとも、エッセイも対談も、個人的な事を語る場にせよ、全て創作の一種である事は変わらないという意味で、何か職業的な配慮によるものなのでしょうか。

うまく表現ができないのですが、もし何かこの事についてありましたら、教えて下さると嬉しいです。

個人的には、現代が、「辛い事にフォーカスしても仕方がないよね」という時代になってきているような気がするので、そういう時代の空気にも関係があるのかな？　と思います。

曇り空が続きますが、風邪等ひかないでくださいね★

れたパスタだという前提で話していますが、まさか全くの空想の産物？

(2005.02.16－祐)


自分で作りました。味つけはもちろんすっぱくないです。海で採ってきたもずくはものすごく塩味が濃いので、洗ってもまだほとんど味つけしなくていいほどでした。ごま油でいためると私にはちょっとくどいので、少量のオリーブオイルで作っていました。チーズがとても大事なのと、決して麵をアルデンテ以上にゆですぎないのがこつでした。

(2005.02.19－よしもとばなな)


ばななさん、こんにちわ。二度目のメールになります。

この間『ハゴロモ』を読み終わり、最近『不倫と南米』を読み始めたばかりです。

私は数年前まで水商売をしていて、そこで出逢った人と付き合っていました。でも、彼には奥さんがいて……というありがちな不倫でした。会社を経営していた彼にたくさん学び、いろいろな所に連れて行ってもらい、彼のためにいつも自分を磨くという日々で、『ハゴロモ』を読んでいて、「そうそう」と同じ事を感じていた自分を思い出しました。

別れた時すぐに実感が湧かなかったのですが、枕から彼の匂いが消えたとき別れたんだなぁと思いました。読んでいて鮮明に思い出してしまい泣いてしまいました。

今読んでいるのもそうなのですが、ばななさんは不倫をされていないのに、あのなんとも言えない気持ちを書けるのはなぜですか？　恋愛経験なんですか？　取材とかですか？　それともそこが作家と凡人の違いなのでしょうか？

(2005.02.17－tomoe.k)

今の社会に露骨に欠けているものがスピリチュアリズムの流行として表に出てきているだけで、それが欠けていなかったころは別の形で（ご先祖様を敬うだとか、海に出る前はお祈りするだとか）、普通に人間の営みの中にあったものなのではないかな？　と思います。人間が肉体を持って限りある生を生きている限り、必要な要素なのではないかと思います。

(2005.02.18－よしもとばなな)


いつも妹が送ってくれる（私海外なので）ばななさんの本を楽しみにしています。

「なんくるない」は今までの本で一番好きかもしれません。最近書かれている、燃え上がるタイプじゃなくてしっくり来るタイプの相手との恋愛がいい感じだと思います。

質問です。「なんくるない」に出てくる、ゴーヤともずくの怪しげなパスタがどうしても食べてみたかったので自分で作ってみました。で、調理の最後にさしかかってふと気がついたのですが、味付けは何でしていたのでしょうか。

迷った末あぶらはごま油を、あとは沖縄の海の塩（余談ですが、アメリカのヨードの入っている塩はなんとなく金属味がして食べられないので家族に送ってもらっています。海草を結構食べるのでヨード不足にはならないと思うし）だけを使ってみておいしかったのですが、「これは本当に小説に出てくるものと同じ味なのか？」という疑問が残りました。

そしてこのパスタの話を人にしたら、ある人はもずくは酸っぱい味のついているものだと解釈したようでした。海で採ってきたものを冷凍してある、とあったので味はつけてないだろう、と私は思ったのですが、真相はどうだったのでしょうか。気になるのでもしよろしければ教えてください。

……ていうか、もうあれはばななさんが実際にどこかで食べら

スクがあるのか、軌道を修正するのにどのくらいの時間がかかるのかを綿密に聞きます。

伝わりましたかな？

（2005.02.14－よしもとばなな）


文芸春秋の対談、興味深く拝読しました。スピリチュアル対談があのような雑誌において行われるなんて驚きでした。それだけ、若い世代を中心に、精神的な脱団塊の世代化が進んできているのでしょう。霊の存在を信じる信じないという問題で語る段階ではもはやなくなってきているような気がします。

産業革命から高度経済成長を通して邁進してきた合理主義に異を唱える人が多いのは、文明の爛熟で、また、豊かになってそれも落ち着いて、全速力で走ってきた自分を振り返る余裕が出来たからではないかと思います。生きるために一生懸命やってきたけど、疑問をもつ余裕さえなかった。だけど、人間だって自然の一部。体は、何でも知っているのですね。

ばななさんの小説にであって（ラッキーチャンス）、心のどこかがむずがゆくなって、それで、気が付いて、癒されていて、人間の生々な部分がじわり、そのうちどろっと姿をあらわすのでしょう。人間回帰。ルネッサンス。

そういった人たちが向かう場所が昔よりは見つけやすく、社会的にも認知されだしている。ポピュラーになってきている。

前置きが長くなりましたが、これからの人間と（特に日本人）合理主義とスピリチュアリズムは、どう折り合いをつけていくと思われますか？　もちろん、スピリチュアリズムが前面に出てくることはないと思いますが。

抽象的な質問ですみません。

（2005.02.15－つしまゆみこ）

「このことだけは話せない」ということがあるのはあまり好きでないです。逆に「この人にこういう面があってもおかしくないし許せるな」というふうでいたいです。

(2005.02.13－よしもとばなな)


ばななさん、こんばんわ。

いつも原点に戻してくれる文章を、休む場所を作ってくれる物語をありがとうございます。

占いのお話が日記に出ていましたが、質問があります。

ばななさんは何のために占いを受けるのでしょうか？

未来を知ることは、楽しみな半分、難しいことでもあると思います。望まない未来を示されると、受け入れる方向に心が向き、自分の足で進むことが難しくなることがあるように思います。

占いのこういった面についてどう考えますか？

(2005.02.07－huki)


理由はふたつ、カウンセリングと情報を得るためです。

私は自分の人生観に確信を持っているので、得た情報におびやかされることはないですし、優秀な占い師さんは占いとしてではなく情報を与えてくれるので、それをもとに将来への対策を練ることができます。

いつ死にますか？　とか結婚できますか？　とかいうことを私は占ってもらったことはないです。「この作品にこれだけ時間を投資しても意味はあるのか？」「この出版社に持っていくべきか？」「この人をパートナーにするとどういう問題が起きやすいのか？」などは聞くことがあります。

そしてなにごとも決めるのは自分です。もしも「こうしたい」といったことに反対されたら（でも優秀な占い師はぜったいになにかを反対したりしません）流れに逆らうとどのくらいのリ実家に行っても、まずお母さんに手を合わせないと落ち着かない。とにかくその気持ちが大事だと思います。形だけやるならやらないほうがいいと私は思います。

(2005.02.06－よしもとばなな)


ばななさんこんばんは。

いつも作品からパワーをもらっています。ばななさんの作品にふれると自分の経験の中で嬉しいことも美しいこともそして悲しかったことも、言い表せなかった気持ちの表現に気づかされます。「そうか！　あのときの風景はこんな感じなのか！」と思い、目の前が開けたような前向きな気持ちになれます。ありがとうございます！　このサイトを知った時からずっと感謝の気持ちを伝えたかったです！

さて質問です。ばななさんは生涯を共にするだろう相手に、自分の全てを知ってもらおうと考えますか？

それが二人にとってしんどいことにもなると承知の上で、です。

私は、両親が決してお互いの全てを知り尽くしているとは言えない二人でしたし、私も今までは私自身の問題はしまって置こうと考えていたのですが、環境からか最近少しずつ変わってきました。そこでばななさんの小説を読み直して考えてみようと思い、ただ今実行中です。どうお考えですか？

(2005.02.06－ぶん)


こちらこそそんなに大切に読んでもらえて嬉しいです！

私は、人との出会いは全て可能性と役割が決まっていると思っています。それを超えようとすることは、傲慢だとさえ思うのです。着地点は常に双方がきちんと考えて見出すべきだと。なので、無理せずになるべく少しずつ知り合っていくのがいちばん好きです。知らないことがたくさんあるのが好きです。ただまく＝お墓参りに行かずとも自然の中で（日常の中で）感じてくれれば。という気持ちです。

でも父と弟は大反対で、絶対立派なお葬式をしてお墓を作る！　そうしないと気が済まないと言います。死んでしまったら本人はもうわからないので、残された人が少しでも楽になる方法で思う様に行いたいのですが家族内で意見が分かれています。母とは何度も話し合って希望を確信しあっているので、私はともかく母の意向は実行してあげたいと切に思います。

お葬式、お墓に対して、亡くなった者、残された者、どちらの希望を優先するべきか。ばななさんの意見を聞かせていただけますか？

(2005.02.03－あめり)


生きているあいだに話し合って、それぞれの希望を聞き、状況に応じてあいだをとるっていうのが一番大事ではないでしょうか。生前に希望があれば、書面にして残しておけば個人の意向は優先されるのでは？　法的にも。

たとえばうちの父とか葬式は特にしたくないと思うけれど、しないともっとたいへんなことになるのは目に見えているので、きっとするだろうな……とかそういう感じ？　人間同士のことだから、あいだをとるのがいい気がします。

その場合だとお葬式はしてお墓もつくるが、一部散骨で、別にお別れ会をやるだとか。仏壇とかお墓は「会いたいな」「手を合わせたいな」というときのために必要だと思うので、好きな人が死んで入っていたら、きれいに整えておくのは自分の心の問題であり、形式ではないと私は思っています。行きたいときにふらりと行って、旅のついでにっていう感じです。

奈良に大切な人の仏壇がありますが、やはりその家に行くとまっしぐらに挨拶に行きたくなるものです。また、ヒロチンコの

ばななさんの小説を読むと、今日も一日がんばろうとか、周りにはすばらしくてきれいなものがたくさんある、と思えてきて、また生きる元気がわいてきます。ありがとうございます。これからも、すばらしい小説を書き続けてください。

また寒くなってきたので、風邪など引きませんように！

(2005.02.03－きょうへい)


なんてすてきな投稿でしょう……！　私こそがおかげさまで今日一日すてきな気持ちです。お母様にもよろしくお伝えください。

私はダイレクトすぎて「おまえは外人か？」と言われることが多いです。「おまえは手紙か？」と言われたことさえあります。いずれにしても感謝というのは表面的にはどうあらわしても、静かなものだなあ、とは思っています。

(2005.02.05－よしもとばなな)


こんばんは。日記に書かれてましたお墓に関する事で質問させて下さい。

昔、手違いでお墓を自分達でこじあける事になり、その時目撃した暗～い空洞の中で骨壺がバラバラにころがってたりしていた状況にものすごく悲しくなり、お墓の寂しいイメージがついてしまいました。大事な身内のお墓が遠くにあり、中々お墓参りに行けないという気持ちの負担も感じています。

あと日頃無宗教で過ごしているのに、お葬式になってほぼ面識のない方にお経を唱えられるのにも抵抗を感じ、そこからお葬式は好きだった曲を流してもらい、来てくれた人にはお線香の代わりに白いバラを飾ってもらい、昔のアルバムなど見てもらって思い出話などしてさよならをしてもらい、お骨は粉々にして海にまいてもらえれば、というのが私と母の希望です。海に

(2005.02.01－あいこ)


きっかけはオウムの事件ですね。

「今の時代にいる作品を描かなくちゃだめだな、もうおばさんだし責任があるかも」と思ったわけです。

今、私は調子がいいので東京最高！　と思っています。

こういう人が増えて、時代を変えて行くことが大事だと思います。

それに、自由と言うのを抽象的に考えすぎる人が多い気がするのですが、東京はいやだな～と思ったら、また島へ行けばいいではないですか。お金と時間を作れば行けます。あなたは自由なのですから！

(2005.02.04－よしもとばなな)


はじめまして、ばななさん。中学のときに母から「アムリタ」を渡されて以来、母子ともどもばななさんの大ファンです。

ばななさんの書く本は、いつも読み終わるのに時間がかかります。書かれていることばひとつひとつに、僕にゆっくりと読ませようとする何かがあるように思えてなりません。ばななさんは文章を書くとき、それをどんな速さで読むかだとか、どんなふうに読むかだとか、そういう「読み方」みたいなものを想像して書きますか？

僕は13歳のときによしもとばななさんの本に出会って以来、7年間ずっとばななさんの小説の世界にあこがれてきました。何度ばななさんの本の中のことばに助けられたことか。

ばななさんの小説にも感謝しながら、それを僕に薦めてくれた母への感謝の気持ちもとても大きいです。ばななさんは、人に感謝をするとき、行動や言葉でダイレクトに表すほうですか？

僕はなんだか照れくさくて、機会がないとなかなか言えません。

書きたかったんだ。ふむふむ」などと感じることはありますか？

(2005.01.27－mihozzz)


あります。テーマの下にもっと言いたいことがひそんでいて、それを正確にけずりだすことが命っていう感じですが、細かい作業なのでとても疲れます。

(2005.01.31－よしもとばなな)


ばななさんこんにちは。

最近図書館で自選集を借りてきて、吉本時代（ってかくとなんかへん……）いっき読みしました。そしてこう感じたのです。

「改名される前の作品たちには、社会の不条理やしがらみ、風潮、みたいなものが全面にでてくる作品が少ないなぁ」と。

改名なさった後と前の作風がこれほどまでに違うことに、驚きをかんじました。そう思うと同時に、改めて人間の底の深さを素晴らしくおもいました。何か原因や大きな出来事があって作風が変わったのですか？　それとも自然にシフトしていったのでしょうか？

それともうひとつ。

最近美しい島からの生活を終え、東京に帰ってきました。今東京は目をつむりたくなるほど、汚れた悲しい街に私の目にはうつります。見たくないものから目をそらそうとすると、私はもう目をつむって生活するしかありません。見たくないものを見ないようにするのは、逃げでしょうか。弱いもののすることでしょうか。

なんとか社会生活はおくれてはいますが、引きこもりの方々の気持ちが少しわかるような気がします。言霊の悪いメールでごめんなさい。

この間シャワーを浴びながら、ばななさんの小説の中に描かれる、恋人、家族、友達の様々な関係について考えているうちに、ふと自分は恋人、家族や友達にとってどんな存在でいたいのか、という疑問が生じ、考えてみました。私の答えは、少し傲慢かもしれませんが、わたしがいるから冒険ができる、とか、わたしがいるから他の人にはどう思われてもいいや、自分なりに生きよう、と思ってもらえるような、エネルギーの源のような存在になりたいというものでした。今はまだ経験も少なく、ボーッと暮らしてしまいがちなので難しいと思いますが、いつか周りの人にそう思ってもらえたら幸せだなと思います。

そこで、ばななさんに質問です。ばななさんは、家族や友達にとってどのような存在でいたいとお考えですか。教えていただけたらと思います。

(2005.01.25－理恵)


すてきではないですか！

私はそれに似ていますが「なにをしても、筋さえ通っていたら、この人にはわかってもらえるだろう」という存在でありたいですね。愛する人々だけに限定してですが。

(2005.01.27－よしもとばなな)


こんばんは！

ばななさんの小説も日記も大好きです！

私は明日やっと試験が終わります。ひぇ〜、ちょうど今日の試験は論述のような内容だったのですが、文字を書くということは考えを整理したり、再認識したり、今日なんて分かっていたと思っていたことが実は分かってなくて、改めて気づくことなんてことがありました。すごい力ですね。

ばななさんは小説を書いているときに「ほんとはこんなことが

されようがされまいがほったらかしているのですが、ばななさんは何かしらフォローなどされますか？

(2005.01.21－ずかん)


そもそもまわりのことなんて全然気にしてないので、理解など求めていないというのがいちばん近い気持ちです。それがいちばんいいのではないでしょうか？　ファッションおたくとアニメおたくがあいいれないように、趣味が違うということだと思います。

(2005.01.23－よしもとばなな)


ばななさんこんちは！

ばなな歴１年の22歳男子です。直接メールできるなんてこんな素敵なことはなかろうと思い、思いきってメールします。

質問です。ばななさんの考える、毎日をきっちりと、がっつりと生きるちょっとした秘訣とかあったら教えてください。

アホな僕はいつもしっかりせねば！　と思いつつもアホに時間を過ごしてしまい、後悔の日々を過ごしております。いかんです。

(2005.01.23－たっ)


ええと、十年先の自分にとってこの行動はどうかな？　と思うことです。今は私はそれでかなり充実してます。でも「えぐら開運堂」と「探偵！ナイトスクープ」を熱心に見ることが十年後の自分にどう役立つのか、いまいちわかってないですが。

(2005.01.26－よしもとばなな)


ばななさん、こんにちは。いつも大切で、素敵な本を書いてくださり、ありがとうございます。

言えば、なぜか（多分動物で慣れていて）びくびくはしていなかったのですが、家に大勢の犬がいて赤ちゃんを床に置けなかったので、マッサージを習っているあいだは床にいっしょにいられて、こころおきなく赤ちゃんに接することができてよかったと思います。

犬も子供も基本はいっしょでいつもべたべたいちゃいちゃしていることによって、健全に育つものではないかと思います。肉体的接触がすごく減っている時代なので、そういう人でもマッサージはきっかけをつくってくれる気がします。

(2005.01.21 - よしもとばなな)


こんにちは。

さっきばななさんの日記を読んでいて、うれしくせつなくなったのでそのことについて質問します。

ばななさんの恋とはこの世界全体に対する恋である、ということをおっしゃっていますが、このことに関して、まわりから理解されないことはないですか？

というのも、私は単品（変な表現ですいません！）同士の愛にはあまり興味がもてないんです。かといって関係をないがしろにしているというのではなくて。夕焼けとか、空とか海とか、たとえ知らない人々でもあったかいオーラの中で笑っている瞬間とか、夏の夕方の感じとか、そういうものが私の中ですごく上位にランクインしているのです。何があってもそれが動かないので、時々身近な人からも理解されにくいことがあります。はっきりとノーと言われるのではなく、大抵の場合は自分の中で「ああ、ちがうんだな」って静かに受け止めるようなものなんですけど。

ばななさんはそのあたり、いかがでしょうか？

私はいまのところ、その考え方をねじまげられないので、理解かかわらず子供服の企業へ就職し4年で退職。のちオーストラリアで3ヶ月自分探しの貧乏生活。そしてシンガポールでレストラン・マネージャー、日系企業で秘書、サバイバルな恋愛の数々、お〜っ、お次はいかに。というところで平凡に日本人と結婚、出産。気が付けば普通の専業主婦として落ち着き始め、ふと、これでいいのか？ と疑問を抱き始めた頃「赤ちゃんのいる日々」に出会いました。そこにあったインファントマッサージというカタカナ文字に何かドキドキとした直感を感じ、この感覚を大事にしようと早速インストラクターへの道を歩むことに決めた次第でございます。

保母士や看護士などの資格が必要ということで（早速、問い合わせました）まさに私向き！ しかも我が子を持つ事で改めて赤ちゃん大好き！ ということにも気づかされた今日この頃だったので、これを信じて頑張る予定です。

長くなりましたが……ここでご質問させて頂きます。インファントマッサージはここシンガポールでも盛んに行われていますが、日本で受けられて、これからもっと発展すると思われますか？ たえずいつもマナチンコくんと一緒に行動されていらっしゃいますが、やはり子育てのエッセンスとして必要だと感じられましたか？

これからも大事に日記を読ませて頂きます（特に子育てで家に閉じこもりがちな今、よしもとさんの日記は私を外出させてくれた気分にさせてくれます）。

(2005.01.19－シンガのまゆママ)


私は「習ってよかったな〜」と思います。一人目の子供っていうのはやっぱり親も多少びくびくしているもので、接し方の力加減とかわからない人が、とても多そうだから、これからますますニーズが増えると思います。必要っていうか。私に関して

ここにばななさんが書いていることなのですが、親や、同僚の先生方が教師に望むことは違うので、どんどん、自分のやっていることと、本来の自分がかけ離れていってしまっているように感じて、涙の毎日を送っていました。でも今は、新しい方向が見つかりつつあり、それに向けて準備中です。私と同じような自分を責める袋小路に入ってしまっている人にこの希望あふれる文章を読んでもらいたい。人間のあるべき姿として、昔からある当然のもの。でも、この時代の人にとって新しいモデル、閉塞感からの突破口が書いてあると思いました。

質問です。これからの子どもたちに伝えたいこと、特に学校の役割、学校で教えて欲しいと考えることがあれば、聞かせてください。

いつもばななさんの文に助けられています。これからも心と体が元気で楽しい毎日を送られますよう、そして、いつまでも私たちの心に寄り添う文を書き続けられますよう、願っています。

(2005.01.16－nori)


もうサラリーマンになっても生涯雇用してもらえる世の中ではなくなっています。公務員も同じです。古い教育は害にさえなると思います。

子供には「お金は神様ではない」「自分の人生は自分でつくれる」ということだけは伝えたいです。

けっこう面倒くさい戦いですが……それぞれの現場で、がんばりましょう。お役にたててよかったです。

(2005.01.19－よしもとばなな)

よしもとばなな様
まず初めにお礼を申し上げます。というのも自分のやるべき道を探すために直感を信じ、短大を出て保母の資格を取ったにも

私はよしもとさんの大好きな沖縄に住む主婦です。一年半ほど前からフラをやっています。７月に長男を出産し10月に復帰したのですが家庭の事情でフラをやめることになりました。とっても残念ですがまた必ず始めようと思っています。

お仕事やチビラくんやオハナちゃんのお世話などとっても忙しい毎日を送っていると思うのですが、フラをやめず続けているのはなぜですか？

(2005.01.07－Toka)


ハワイのことって、何重ものベールに包まれていて、ちょっとやそっとの取材では書けないんですよ。時間をかけて、内側から入っていかないと。それは体で、という意味でもあるので、フラはいちばんだと思いました。ずっと取材中です。

私は踊りがさほど好きでもなく、うまくなるという気もさほどなく、何回「これはやめざるをえないな」と思ったか知れないけれど、続けているのは、先生を大好きなのと、美人をたくさんただで（ただじゃないか）見れることでしょう。

オハナちゃんとチビラ以外にビーとかタマとかチビとかホシとかまだまだたくさんいて仕事も満載なのですが、まわりの人に助けてもらって、なんとか通っています。

(2005.01.10－よしもとばなな)


ばななさんこんにちは。

ちょっと遅いのですが、「ゆっくり AERA」の「単純に、バカみたいに。」を読みました。本屋さんで、立ち読みしていた時に、カッと目が燃え、そうだそうだこのことが言いたかったんだ、私は。と感動したのです。家に帰って、ノートに、感動した部分を書き写しました。こんなことは初めてです。私は30歳で、教師の仕事をしていて、私が子どもたちに伝えたいことは、

すごさを見つけるのにずいぶん時間がかかってしまいました。若い時間がもったいなかったです。

(2005.01.06－よしもとばなな)


この上なく愛おしい雪だるまを作る子供の隣の家に住んでいる悠貴です。因みに17歳です。NHKの番組を見て「むぅ……。」と感銘を受け、冬休みに本を読みました。すると、夜が少しだけ優しくなりました♪

質問があります。文庫本『キッチン』の文庫版あとがきの中に「そういう感じ方が存在することを小説を通してでも知れば、自殺しようとする人がたとえ数時間でも、ふみとどまってくれるかもしれない」とあります。ここに出てくる自殺は、つまり、感受性の強さからくる苦悩と孤独に由来する種類のものですよね？

僕には、ばななさんの言葉があまりにリアルに聞こえるし、ということは、少なくない数の人間がこの種類のことを強く感知していると思います。ではそういう人間とそうではないと思われる人間の違いはどこにあると思いますか？

(2005.01.05－悠貴)


自分をあえて鈍くして人生を生きやすくする方法というのはあります。私はそれができない人（含む自分）のために小説を書いています。なので、私の作品に関しては、そうです。現実的に追いつめられて自殺する人もたくさんいると思うのですが、その人たちにはきっとその人たちを担当する娯楽があると思い、自分の担当分だけにうちこんでいます。

(2005.01.07－よしもとばなな)


こんにちは。

ただ、安産のために知人が作ってくれたルビーのペンダントだけはいつでも、身につけています。もう子供産んだのに、なんかはずしそびれてしまったというか。

(2005.01.04－よしもとばなな)


あけましておめでとうございます。お正月はゆっくりされましたか？

最近猛烈にばななさんの本を読み返しまくり、ハッとした事がありました。私は、キョンキョンにＴＶで『キッチン』をお薦めされて以来ずっと作品を読ませていただいています。しかし一時期、「人が死んだりする話は嫌！」と生意気を言い出し、でもどうしてもばななさんから離れられず、この日記を機にやっと素直にばななさんファンと思えるようになったのですが、何故素直になれなかったかが判明しました。私は人の死というものを、考えているフリをしていただけだったんです。自分の身に生命の色々が降り掛かり、この最愛の人たちがいつかは……としっかり考えるうちに、ようやく素直にばななさんの小説を受け入れられるようになったのでした。離れられずに読み続けていた理由も、気付け！という何かからのメッセージだった気がします。

ばななさんは、自分が本に追い付いた、というか本に対してなかなか素直になれなかったというような経験はありますか？

なんだかうまく質問にできないうえに長くなりましたが……。

この一年が、すがすがしく良い年でありますように！

(2005.01.04－石川)


それはありがたいことですだ。よかったです。

私はわりとそういうことがないはずだったのですが、バロウズに関してはカットアップの手法をばかにしていたので、文才のあけましておめでとうございます。今年もこのサイトを楽しみにしています（もちろん作品も！）。

去年の暮れ、ハムサを購入しました！　ばななさんが紹介していた型の「成功」とペンダント「喜び」です。去年の秋から主人とお店を始めたので事業が成功するようにとの願いを込めて選びました。どうなるかわからないけど玄関に飾っただけで心は落ち着きました。

私は今までお守りなどは一切持たなかったのですが、お店があまりよい場所柄にはないのとお客さんも当然いろいろな方がいらっしゃって、人あたり（？）のような感じになってしまい（人の「気」を吸って）体調を崩したりしたのでこれはお守りしかないと思い買いました。

質問なのですが、ばななさんはハムサのペンダントはお持ちですか？　また、いつも身につけてらっしゃるお守りがあったら教えてください。

(2005.01.03－育英)


持っていますが、いつもは身につけてないです。繊細な感じなので……。玄関にはでっかいのがありますが、なんだかかわいくて見ているだけで落ち着きます。ただ、私はユダヤ教徒ではないので、効果となるとまた違う気がちょっとだけ。見て幸せになるアートとしてです。

日本人はやはり神棚でしょう……。そういうジャンルでは。地元の神社のお札でしょう、やっぱし。うちは大神神社を信仰しているので、しっかりとあります、お札。

Q & A

美女に囲まれて旅ざんまい……のようですが、実はこの時期大きな問題をかかえていて、そしてそのことによってまた大きく成長することができました。森博嗣《もりひろし》さんとの出会いも大きかったです。苦しんだかいあり、四十代は少しはよい小説を書けそうです。

美女、美女とうるさい私ですが、人ものも動物も見た目に全《すべ》てが表れています。私はこれからもほんとうの何かを見きわめる旅を続けます。自分の「目」を保つのは大変ですが、それが私の仕事です。

ずっと読んで下さっている皆さん、本当にありがとう。そしてこの本に関《かかわ》った全員に、大きなハグを送ります。

２００５年９月

よしもとばなな

本書は新潮文庫のオリジナル編集である。

美《び》女《じょ》に囲《かこ》まれ

—yoshimotobanana.com 8—

新潮文庫　よ - 18 - 14

平成十七年十二月一日発行

著者　よしもとばなな

発行者　佐藤隆信

発行所　株式会社新潮社

郵便番号　一六二—八七一一
東京都新宿区矢来町七一
電話 編集部(〇三)三二六六—五四四〇
　　 読者係(〇三)三二六六—五一一一
http://www.shinchosha.co.jp

価格はカバーに表示してあります。

乱丁・落丁本は、ご面倒ですが小社読者係宛ご送付ください。送料小社負担にてお取替えいたします。

印刷・錦明印刷株式会社　製本・錦明印刷株式会社

ISBN4-10-135925-3 C0195